CONTE *verlag*

JÖRG W. GRONIUS

- Geboren 1952.
- Lebt als freier Autor in Saarbrücken.
- Schreibt Libretti, Dramen, Essays, Features, Romane, Kurzgeschichten und Gedichte.
- 1996: Medienpreis der Deutschen AIDS-Stiftung, 2005: Förderpreis zum Nicolas-Born-Preis des Landes Niedersachsen, 2007: Ben Witter Preis.
- Buchveröffentlichungen (unter anderen): *Ein Stück Malheur*. Roman. Bonn: Weidle, 2000. *Das Wunder Hannover*. 13 Kurzgeschichten. Hannover: Wehrhahn, 2002. *Beckfeld Vertigo*. Gedichte. Bargfeld: Bücherhaus, 2003. *Der Junior*. Roman. Bonn: Weidle, 2005. *Plötzlich ging alles ganz schnell*. Roman. Bonn: Weidle, 2007. *Im Reich der Fische*. Kurzgeschichten. Saarbrücken: Conte, 2009.
- Demnächst erscheint *Horch*. Roman, Weidle, Bonn 2011.
- *Adornos Geburtstag* ist ein Originalbeitrag.

Andrei S. Markovits

Wie aus Hitlers Traum Wirklichkeit wurde

Ich werde es niemals vergessen. Es war ein kristallklarer, absolut sonniger, großartiger Dienstagmorgen, als ich mich mit unserem geliebten schönen Golden Retriever Kelly zu einem ausgiebigen Morgenspaziergang in die baumgesäumte Nachbarschaft in Ann Arbor, Michigan, auf den Weg machte. Unser Herbstsemester war schon mehr als eine Woche alt, die Studierenden waren alle aus den Sommerferien zurückgekehrt, unsere wunderbare Collegefußball-Spielzeit brummte, es hätte nicht besser eingerichtet sein können. Als Kelly und ich kaum eine halbe Meile von zuhause die Kreuzung von Wayne Street und Day Street überquerten, fiel mir eine Gruppe von Bauarbeitern auf, die um ein Radio herumstanden. Weil ich erwartete, sie lauschten etwa dem Interview mit einem ihrer Sportidole auf einem dieser zahllosen Rund-um-die-Uhr-Sportgespräch-Sender – denn um diese frühmorgendliche Stunde fanden nirgendwo Spiele statt –, oder sie hörten einen Bericht über ein Match vom Vorabend, dachte ich mir nichts sonst dabei, bis ich bemerkte, dass zwei Gesichter aschfahl waren, einer vielleicht sogar mit den Tränen kämpfte. Ich hielt auf meinem Weg, zog Kelly zurück und fragte: »Was ist los? Alles in Ordnung bei euch?«, worauf einer antwortete: »Wir sind angegriffen worden, Mann, wir sind mitten im Krieg!« Mit meinen Gedanken immer noch in der Welt des Sports fragte ich ihn, ob er den heftigen Wettkampf meinte, in dem gerade unsere eigene Fußballmannschaft der University of Michigan stand, oder ob er die Detroit Tigers im Sinn hatte, unser örtliches, sehr prominentes Baseball Team in der American League, der obersten professionellen Baseball Liga unter dem Namen Major League Baseball (MLB) weltweit bekann, deren Saison gerade die entscheidenden letzten drei Wochen vor den Play-Offs erreicht hatte. »Nein, nein«, antwortete er, »das World Trade Center in New York ist von einem Flugzeug angegriffen worden und steht in Flammen.« Niemals werde ich diesen Augenblick vergessen, niemals werde ich das Gesicht des Mannes vergessen, niemals werde ich vergessen, was er sagte. Kelly, die spürte, dass etwas nicht in Ordnung war, wie es nur Hunde spüren können, lief nervös um mich herum und drängte zum Aufbruch, am liebsten in Richtung Heimat. Das taten wir dann auch und zwar recht flott. Und als wir da nachhause gingen, fast liefen, kam mir eine Passage aus Albert Speers *Erinnerungen* in den Sinn und vor Augen, in der er beschreibt, wie Hitler davon träumte, einen Langstreckenbomber zu bauen, der New York erreichen und diese Wolkenkratzer in Flammen aufgehen lassen könnte, diese verhassten (und natürlich beneideten) Symbole des »Jew Yorker« Kapitalismus, der entscheidenden Gegenposition zu Nazideutschland und sein ärgster Todfeind. Als wir zuhause ankamen, schaltete ich das Fernsehgerät an und konnte mich davon die nächsten beiden Tage nicht mehr wegbewegen, im wörtlichen Sinne. Ich aß davor, ich schlief immer mal ein paar Minuten davor; tatsächlich war es das einzige Mal in den vierzehn Jahren, die Kelly bei uns war, dass ich sie nicht zu den üblichen Spaziergängen viermal am Tag mit hinaus nahm, sondern dass sie ihr Geschäft in unserem Garten verrichten musste. Im Laufe dieser achtundvierzig Stunden wurde mir vollkommen bewusst, dass dieser Vorfall einen vielleicht einzigartigen Einschnitt in unser Leben bedeuten würde: neben dem Mord an meinem Lieblingshelden John F. Kennedy; neben dem Mord an seinem Bruder Bobby, den ich noch mehr als Jack verehrte; neben einem ferneren Mord, diesen an Martin Luther King Jr., nur um ein paar Wochen von dem Bobby Kennedys zeitlich getrennt, jedoch mit ähnlich verheerenden Folgen für die Entwicklung der amerikanischen Linken, zu der ich mich stets in einer spannungsgeladenen und sich konstant distanzierenden Wahlverwandschaft wähne; neben Neil Armstrongs Mondspaziergang; neben dem Beginn des Yom-Kipur-Krieges 1973 an meinem Geburtstag, als ich am sechsten Oktober mit meinem Vater in einer Synagoge in Upstate New York saß, eingeladen von unseren lieben Freunden, den Hechts, Überlebende des Holocaust aus Ungarn; neben dem Fall der Berliner Mauer – es gibt nur wenige solcher Schlüsselereignisse, bei denen ich für alle Zeit meines Lebens genau wissen werde, was ich tat, mit wem ich zu tun hatte, was ich gerade in dem Moment dachte.

Aber viel mehr als bei den Fällen, die zuvor passiert waren, war ich an diesem wunderbaren Dienstagmorgen des 11. September 2001 geradezu verschlungen worden, denn ich wusste, dass diese Zäsur mich von meinen Freunden auf der Linken sowohl in Europa als auch den Vereinigten Staaten entfernen, wenn auch nicht endgültig trennen, würde. Ich wusste und fühlte in diesem Moment, dass sie diesen Fall ganz anders wahrnehmen würden als ich und dass dieser Unterschied eine immerwährende vierundzwanzig Stunden Spannung zwischen uns für den Rest unseres Lebens hervorrufen würde. Ich wusste ganz genau, dass, je nachdem wie jemand gefühlsmäßig – viel eher als intellektuell – auf diesen mörderischen Akt reagieren würde, sich eine Grenzlinie aufbauen würde, deren Inklusion oder eben Exklusion unveränderlich für den Rest meines Lebens bestehen bleiben würde. Ich wusste ebenso, dass meine lange währenden Beziehungen zu der Linken sowohl in Europa als auch in Amerika – oft problem- und streitbeladen, aber dennoch unverbrüchlich – emotional eine auf ewig bestehende Kluft schaffen würde, egal in wie vielen sonstigen wichtigen Politikfeldern wir übereinstimmen und bis heute darin gemeinsam kämpfen würden. Seit diesem Tag habe ich mich von der Welt der Linken auf beiden Seiten des Atlantiks immer weiter entfernt und ich bin mir sicher, dass diese Distanzierung auf Gegenseitigkeit beruht.

Am Ground Zero brannte es noch immer, als die ersten Berichte und Analysen der sogenannten High Brow Media, also des Qualitätsjournalismus, bereits alle die Argumente, Einwände, Untersuchungen, Verdächtigungen, Verschwörungstheorien und den kaum verhüllten Ausdruck von Freude lieferten, die für die darauffolgende Periode allgemeingültig wurden: Dass die Amerikaner diese Anschläge verdient hatten (der anhaltende Ausdruck des Gefühls, »dass es über sie gekommen ist«), dass sie schlussendlich die lange überfällige Abreibung für alle ihre Untaten der Vergangenheit erhielten, von Vietnam bis zur Globalisierung, von der Ausrottung der Indianer bis zum Bombardement Dresdens, dass die ganze Angelegenheit gar nicht so eine große Sache war, weil viel mehr Amerikaner jedes Jahr ihr Leben bei Verkehrsunfällen verloren, dass die New Yorker Skyline von der Zerstörung der Twin Towers in ästhetischer Hinsicht profitierte, dass es letztendlich nur von Vorteil sein könnte, wenn diese phallischen Symbole westlicher männlicher Überheblichkeit verschwanden, dass der israelische Mossad hinter all dem steckte (woraus folgte, dass gerüchteweise alle Juden an diesem Tag von der Arbeit zuhause geblieben waren, weil sie vermutlich vorab gewarnt worden waren), dass das alles Lug und Trug war, ein Witz oder eine Bagatelle (das Spruchband »9/11 ist ein Witz«), dass es von der amerikanischen Regierung inszeniert worden war, die für ihre imperialistischen Pläne eine Entschuldigung suchte (in Deutschland wird immer gern auf den Reichstagsbrand vom Februar 1933 angespielt, der schließlich zur Festigung der Naziherrschaft beigetragen hatte), dass sich George W. Bush und Osama bin Laden in Bezug auf ihre Mentalität und ihren hauptsächlich religiös motivierten Fanatismus ähnelten, genauso wie im Allgemeinen die von christlichen Konservativen regierten Vereinigten Staaten nicht länger beanspruchen konnten, als echte Demokratie durchzugehen, sondern viel eher in ihren Grundzügen den Regimes theokratischer Islamisten glichen. Zweifellos sticht die Bedeutung der Religion im öffentlichen und privaten Leben in Amerika hervor und unterscheidet damit die Vereinigten Staaten deutlich vom heutigen Europa. Hier muss aber auch die europäische Ignoranz – oder besser der böse Wille – Amerika gegenüber erwähnt werden: Amerikas Religiosität auf eine Ebene mit dem islamischen Fundamentalismus zu stellen, weil am Gedenkgottesdienst eine Woche nach den Verbrechen des elften September in der Nationalkathedrale zu Washington D.C. die »Schlachthymne der Republik« intoniert wurde, wie dies eine Reihe europäischer Radio- und Fernsehkommentatoren taten, muss schlicht als antiamerikanisch gedeutet werden. Mehr noch, Europäern erscheint ja schon die amerikanische Floskel, »God bless you« zu sagen, als handfester Beleg für die Verankerung religiösen Fundamentalismus' und die umfassende Überwachung des Lebens in den Vereinigten Staaten. Interessanterweise habe ich noch von keinem Europäer gehört, dass der süddeutsche und österreichische, hauptsächlich katholische Brauch, den allgegenwärtigen Gruß »Grüß Gott« (Kurzform für »Grüß Dich Gott« oder »Grüß Sie Gott«) oder das umgangssprachliche »Pfirti« (Kurzform für »Möge Gott Dich führen«) zu benutzen, als ernsthafter Beweis für die unterdrückerische Rolle der Religion in diesem Kulturkreis gilt.

Für den Philosophen Jean Baudrillard war die Zerstörung der Twin Towers »das absolute Ereignis, die Mutter aller Ereignisse«. Es erfüllte einen langgehegten Traum, und die »fantastischen Bilder« der in die Twin Towers rasenden Flugzeuge war für »unsere« Herzen eine »immense Freude«. »Wir« hatten alle, »ohne Ausnahme« jahrelang von einem Angriff auf die Twin Towers geträumt. Die ganze Sache war eine dramatische Umsetzung »terroristischer Vorstellungen«, die unvermeidlich in uns allen »wohne« und verschaffte uns allen die psychologische Genugtuung als Antwort auf den Einfluss des uns umgebenden Milieus, das von der hegemonialen Macht der Vereinigten Staaten beherrscht wird. Die Terroristen überreichten uns mit ihren Taten ein »Geschenk«, das den »Diskurs« der »Banalität des amerikanischen Alltagslebens« unterbrach. Damit »*taten* sie (die Angreifer) es, aber wir *wünschten* es uns«. (Kursiv im Original, A.M.)[1]

Der Komponist Karlheinz Stockhausen beschwor die Vorstellungskraft und Genauigkeit, die zu den Anschlägen auf die Twin Towers führte und nannte das Verbrechen »das größte Kunstwerk, das es je gegeben hat«.[2] Und der italienische Literaturnobelpreisträger Dario Fo drückte seine Freude so aus: »Die großen Spekulanten planschen lustvoll in einer Ökonomie, die Jahr für Jahr Millionen Menschen im Elend umkommen lässt – was machen da schon 20 000 Tote in New York aus? Ungeachtet dessen, wer das Massaker ausführte, ist diese Gewalt die rechtmäßige Tochter einer Kultur von Gewalt, Hunger und unmenschlicher Ausbeutung.«[3]

Europäische Intellektuelle schwärmten davon monatelang. Geoffrey Wheatcroft machte zwei Jahre nach dem elften September den Versuch eines zweiten Blicks und kommentierte, was in der britischen Presse alles geschrieben worden war. Zwei Dinge verblüfften ihn: Die Art, wie das Verbrechen trivialisiert und relativiert worden war, wie die Vereinigten Staaten als wahre Schuldige verdammt wurden, und die große Zahl wichtiger britischer Intellektueller, Schriftsteller, Dichter, Journalisten und Komponisten, die sich zu dem Fall eingeschaltet hatte. Noch mehr als die Banalisierung der Katastrophe und der Versuch, Amerika die Schuld in die Schuhe zu schieben, schockierte Wheatcroft die ungeheure Menge an Unsinn mitsamt allen haarsträubend absurden und völlig peinlichen Inhalten, die vor allem von Dichtern, Schreibern, Künstlern abgesondert worden waren. Entsprechend sein Titel: »Two Years of Gibberish«, zwei Jahre Geschnatter. Wheatcroft, linksliberaler Intellektueller und Journalist, beschließt seine Untersuchung mit tragischen Worten: »Wurde die alte leninistische Linke unter dem Betonschotter der Berliner Mauer begraben, so verschwand die literarisch-akademische Intelligenzia moralisch in der Asche von Ground Zero.«[4]

Einige Äußerungen europäischer Intellektueller schienen auf den ersten Blick proamerikanisch zu sein, stellten sich aber bei genauerer Betrachtung als trojanische Pferde heraus. Zum Beispiel war dies der Fall bei dem weithin gepriesenen Kommentar von Jean-Marie Colombani, »Wir sind alle Amerikaner« in Le Monde vom 13. September 2001. Vorgeblich eine kräftige Solidaritätserklärung mit den Vereinigten Staaten, verwandelte es sich bei genauer Lektüre in das exakte Gegenteil davon. Obwohl Colombani den

Angriff auf die Twin Towers und auf Washington D.C. als verbrecherische Tat sah und sie viel schärfer verurteilte als viele andere europäische Intellektuelle, klagte er gleichzeitig die Amerikaner an, die Urväter Osama bin Ladens zu sein und damit die Taufpaten des djihadistischen Terrors. Colombani entzog den Opfern in New York, Washington D.C. und Pennsylvania die vorher gezeigte magere Zuneigung bereits wieder in einem offenen Brief an »unsere amerikanischen Freunde« vom Dezember 2001. (Es fällt mir überhaupt auf wie oft man in Europa von »unseren amerikanischen Freunden« spricht, bevor man dann erst richtig auf sie eindrischt und diese Floskel von den »amerikanischen Freunden« als ein selbst-exkulpierendes Vorwort bemüht, um dann von den folgenden Beschuldigungen nicht als böser Outsider, sondern eben als ein wohlwollendes Familienmitglied eingestuft zu werden.)

In diesem Brief klagte Colombani die Vereinigten Staaten wegen ihrer Aggressivität, ihres Militarismus und ihrer Religiosität an, das Spiegelbild der Djihadisten zu sein und aus diesem Grund ihr Leid selbst verschuldet zu haben. Genau ein Jahr und einen Tag nach dem 11. September 2001 hatte Colombani dann überhaupt kein Problem mehr damit, die Katze aus dem Sack zu lassen und Farbe zu bekennen. Am 12. September 2002 schrieb er in Le Monde, »der Reflex der Solidarität des letzten Jahres wurde von einer Welle hinweggeschwemmt, die jeden in der Welt glauben ließe, wir seien alle Antiamerikaner geworden«.[5]

Peter Struck, der deutsche Verteidigungsminister, hatte in der Bundestagssitzung des 12. September 2001 fast die gleichen Worte wie Colombani gebraucht: »Heute sind wir alle Amerikaner.« Dies wurde von der großen Mehrheit deutscher Literaten und Intellektueller als lächerlich, irritierend oder nicht wünschenswert angesehen. In der Gesamtbevölkerung waren die Ansichten geteilt. Entsprechend einer Umfrage des Allensbach Instituts für Demoskopie stimmten 47 Prozent der Struckschen Formulierung zu, 42 Prozent lehnten sie ab.[6]

Gegen Ende des Jahres 2001 vertrieben die Buchhandlungen in Paris, Berlin und London bereits zahlreiche Veröffentlichungen, die tendenziell an dem Angriff vom elften September Gefallen fanden. In Frankreich erreichte Thierry Meyssans Buch »11. September 2001 – Der inszenierte Terrorismus« (Titel der dt. Ausg.), das die amerikanische Regierung zum Drahtzieher hinter den Verbrechen machte, die Spitze der Bestsellerlisten und hielt sich als dauerhafter Verkaufsrenner.[7] Dasselbe gilt für Matthias Bröckers deutschen Erfolgstitel »Verschwörungen, Verschwörungstheorien und die acht Geheimnisse des 11.9.«, das ähnliche Argumentationslinien wie Meyssans Buch vorstellte. In weniger als acht Monaten gingen davon 130.000 Exemplare über die Ladentheke und der Titel blieb auf verschiedenen Bestsellerlisten sogar noch länger als sein französisches Gegenstück.[8] Der deutsche Journalist Tobias Jaecker stellte eine außerordentlich hilfreiche, sehr enthüllende und detaillierte Studie vieler solcher antisemitischer Verschwörungstheorien zusammen, die in Europa nach dem Elften September sprunghaft aufgekommen waren und immer noch unvermindert wuchern.[9]

Dieser Haufen Müll, das machten Meinungsumfragen deutlich, verbreitete sich von den europäischen Eliten und Intellektuellen rasch auf einen bemerkenswerten Anteil der Gesamtbevölkerung. Nach Umfragen aus dem Sommer 2003 waren ein Drittel der deutschen Erwachsenen, die jünger als dreißig Jahre waren, davon überzeugt, dass die amerikanische Regierung die Anschläge auf New York und Washington D.C selbst befohlen hatte. Mehr als zwanzig Prozent aller Deutschen teilten diese Ansicht, ermittelte die gleiche Umfrage.[10]

Natürlich klingt in all dem ein nicht unerheblicher Anteil an normalmenschlicher Schadenfreude mit. Wir alle freuen uns darüber, wenn der große Kerl – unabhängig von den Umständen – eins auf den Deckel bekommt. Jeder findet Befriedigung darin, wenn »Mr. Big«, wie Josef Joffe die Vereinigten Staaten von Amerika so treffend bezeichnete, stolpert und fällt – es sei denn, man ist unmittelbar selbst betroffen. Seien es nun die New York Yankees, die Los Angeles Lakers, Manchester United, Bayern München, die Harvard-Universität – jeder ist außer sich vor Freude, wenn diese Goliaths fallen, denn sie sind zugleich beneidet und gefürchtet, und sie werden noch dazu als arrogant angesehen, nur weil es sie gibt und weil sie schon so lange zu den Gewinnern gehören. Sie werden allein für ihre schiere Existenz gehasst – und nicht unbedingt für die aktuellen Auswirkungen ihrer Handlungen.

Der europäischen Schadenfreude, soweit sie das Verbrechen und die Katastrophe des elften September 2001 betrifft, muss zur Wahrnehmung und Reaktion ein weiteres

Element zugesellt und berücksichtigt werden: alteingesessener Antiamerikanismus. Um diesen Punkt zu verdeutlichen, erlauben Sie mir, Ihnen folgendes aufschlussreiche Gedankenspiel vorzustellen: Wäre der Airbus 300 der Air France mit der Flugnummer 8969 am 24. Dezember 1994 in den Pariser Eiffelturm gerast, wie es die »Groupe Armée Islamique« geplant hatte, bezweifele ich sehr, dass es überhaupt amerikanische Intellektuelle gegeben hätte, geschweige denn viele, die lange Texte in einflussreichen Blättern wie der New York Times oder der Washington Post veröffentlicht hätten, etwa am 26. oder 27. Dezember, und darin das Verbrechen entschuldigt hätten, indem sie die zahlreichen militärischen und politischen Missgeschicke Frankreichs, ebenso wie seine Gräueltaten, heraufbeschwörten, von der Vendée zur Pariser Kommune, von Indochina bis Algerien. Sie hätten wohl auch nicht alle möglichen Verschwörungstheorien aufgeführt, die sich um die französische Regierung, den israelischen Mossad oder einen anderen Handlungsträger ranken, wie sie so oft im Zusammenhang mit 9/11 erwähnt werden. Ich bezweifle ebenso stark, dass Bücher von amerikanischen Intellektuellen geschrieben worden, geschweige denn zu amerikanischen Bestsellern geworden wären, die vorgäben, dass dieses Verbrechen vom Präsidenten Frankreichs geplant und ausgeführt worden sei. Aber all dies ist in Europa tatsächlich passiert, teilweise in gesellschaftlichen Gruppen, in denen man es aufgrund ihrer Intelligenz und Bildung zuletzt erwartet hätte. Aber wenn es um Amerika geht, war dies nicht das erste Mal, dass Bildung und Ratio bei der westeuropäischen Intelligenz von deren Ressentiment, negativen Vorurteilen und schadenfrohen Wunschträumen übertrumpft wurden. Es ist nun mal legitim, ja sogar wünschenswert, in Kreisen europäischer Intellektueller Amerika leiden zu sehen und ihm Miseren zu wünschen, die man niemand anderem (mit der etwaigen Ausnahme Israels) im entferntesten wünschen würde.

Amerikanische und europäische Intellektuelle hätten die Zerstörung des Eiffelturms beklagt. Sie hätten dies nicht als Racheakt gegen die Moderne angesehen, oder gar als ästhetische Verbesserung des Pariser Stadtbilds und gerechtfertigte Dekonstruktion des phallischen Symbols französischer Macht. Die Literaten hätten die Tausende von Toten betrauert und ihnen den Respekt gezollt, den sie den Opfern der drei amerikanischen Unglücksstellen eigentlich bis dato verweigerten.

Aber die amerikanischen und europäischen Links-Intellektuellen haben naturgemäß eine ganz andere Beziehung zu Frankreich als zu Amerika. Ein seriöser britischer Journalist einer seriösen Tageszeitung hätte niemals die folgenden Worte in Bezug auf Frankreich geschrieben, wie er sie hier allen Ernstes auf Amerika bezog: »Unser Interesse an Amerika und die amerikanischen Angelegenheiten hält uns gefangen. Wir versuchen, es nicht zu sein, wir geben vor, es nicht zu sein, aber wir können uns nicht herauswinden.«[11] Und andere Intellektuelle argumentierten, dass die Amerikanisierung und die Kulturindustrie Amerikas die ureigene Geschichte Europas – und damit den Kern seiner Identität – übernommen und gestohlen habe. Zum Beispiel behauptete der bekannte deutsche Filmregisseur Edgar Reitz ausdrücklich, dass mit der Fernsehserie »Holocaust« den Deutschen das rechtmäßige Erbe ihrer Geschichte geklaut worden sei.[12] Und genau darum geht's. Wenn man die zahllosen Bilder an sich vorüberziehen lässt, wird einem bald der rote Faden deutlich: Es ist ihr Gefühl der eigenen Unfähigkeit, das die Europäer irgendwie aushalten müssen, ihr Gefühl, unausweichlich zum Opfer Amerikas verdammt zu sein, immerwährend minderjährig zu bleiben unter Amerikas Vormundschaft, beherrscht von einem Leviathan, den sie sich immer als kulturelle und moralische Hölle vorstellen müssen. Soweit es Amerika betrifft, haben es die Europäer aus dieser Sichtweise schon vor langer Zeit versäumt, die Herren des eigenen Schicksals zu bleiben. Sie sind von ihm unausweichlich und hoffnungslos »versklavt«. Diese Selbstentmündigung der westeuropäischen linksliberalen Intelligenz Amerika gegenüber hat ihre Vorläufer bereits im 18. Jahrhundert und ist somit ein traditionsreicher Bestandteil europäischer Ideengeschichte und politischer Kultur. 9/11 war nur ein besonders eklatanter Vorwand diesem Topos noch mehr Öffentlichkeit und Legitimität zu gewähren.

1 Jean Baudrillard, »L'esprit du terrorisme« in Le Monde, 3. November 2001; ebenso in The Spirit of Terrorism (London: Verso, 2002).

2 zitiert nach Geoffrey Wheatcroft, »Two Years of Gibberish: The garbled utterances of the left after 9/11 merely flattered the arguments of warmongers« in Prospect, No. 90, September 2003.

3 ebenda. Fos Beitrag kam unmittelbar nach 9/11, als viele noch die Zahl der Opfer auf etwa 20.000 schätzten. Letztendlich waren es etwa 3.000.

4 ebenda.

5 Zitiert nach Robert N. Bellah, »The New American Empire« in Commonweal. Im Internet: www.commonwealmagazine.org

6 Elliot Neaman, op. cit., S. 60.

7 Thierry Meyssan, 11 September 2001: L'Effroyable Imposture (Chatou: Carnot, 2001)

8 Mathias Broecker, Verschwörungen, Verschwörungstheorie und die Geheimnisse des 11.9 (Frankfurt: Zweitausendeins, 2002).

9 Tobias Jaecker, Antisemitische Verschwörungstheorien nach dem 11. September: Neue Varianten eines alten Denkmusters (Münster: LIT Verlag, 2004).

10 Jochen Bittner, Umfrage: Blackbox Weißes Haus »Je komplizierter die Weltlage, desto fester glauben die Deutschen an Verschwörungstheorien« in: Die Zeit, July 31, 2003.

11 Brian Viner, »Cowardice, promiscuity and American presidents« in: The Independent, March 2, 2004.

12 Edgar Reitz, Liebe zum Kino: Utopien und Gedanken zum Autorenfilm, 1962 – 1983 (Köln: Verlag Köln 78, o.J.), S. 102.

ANDREI S. MARKOVITS

- Geboren 1948.
- Lehrt als Professor of Comparative Politics and German Studies an der University of Michigan in Ann Arbor, USA.
- Forscht und publiziert zu jüdischer Geschichte, Israel, Antiamerikanismus, Antisemitismus, Rechtsextremismus, Gewerkschaften, sozialem Wandel und Sport, namentlich Fußball.
- Homepage: *www.andymarkovits.com*
- Beiträge u.a. in: Boston Globe, la Stampa, Los Angeles Times, International Herald Tribune, F.A.Z., taz, Frankfurter Rundschau, Die Welt, Berliner Zeitung, Der Standard, jungle world, WAZ, Süddeutsche Zeitung, Handelsblatt, Tagesspiegel, Konkret.
- Buchveröffentlichungen in deutscher Sprache (unter anderen): *Grün schlägt Rot: Die deutsche Linke nach 1945.* Hamburg: Rotbuch Verlag, 1997 [mit Philip S. Gorski]. *Das deutsche Dilemma: Macht und Machtwechsel in der Berliner Republik.* Berlin: Alexander Fest Verlag, 1998[mit Simon Reich]. *Im Abseits: Fußball in der amerikanischen Sportkultur.* Hamburg: Hamburger Edition, 2002 [mit Steven L. Hellerman]. *Amerika, dich hasst sich's besser. Antiamerikanismus und Antisemitismus in Europa.* Hamburg: Konkret-Literatur-Verlag, 2004. *Querpass: Sport und Politik im transatlantischen Raum.* Göttingen: Verlag die Werkstatt, 2007 [mit Lars Rensmann]. *Sport: Motor und Impulssystem für Emanzipation und Diskriminierung.* Wien: Picus Verlag, 2011.
- *Hitlers Traum* ist ein Originalbeitrag. Übersetzung: Roland Buhles.

Barbara Franke

Bildstörung

Unser Feigenbäumchen hat Früchte angesetzt, zum ersten Mal. Es hat Fuß gefasst in unserem Garten. Wir werden im Herbst ernten können.

Reife Feigen – wie etwas Lebendiges fühlen sie sich an, warm in der Hand, zart und verletzlich die Haut, die jedem Druck nachgibt. Sorgfältig verpackt, gewappnet gegen Stöße, erreichen sie uns schon im Frühjahr, geerntet in der Türkei, in Israel, im Orient, in einem Land, wo »Milch und Honig fließen«.

Seit unseren Ferien auf der Ile de Ré im September 2001 denke ich nicht mehr »Feige« – »Milch und Honig«, sondern »Feige« – »schwarze Milch der Frühe«. Erinnerungen gehen seltsame Wege. Die Feige ist nun unwiderruflich verbunden mit dem Anschlag auf das World Trade Center. Feige – feiger Anschlag. Sie hat ihre Unschuld verloren.

»Komm mal schnell! Komm!«

Ich hatte es mir gerade auf dem Liegestuhl bequem gemacht. Frisch geduscht und noch durchwärmt von der Sonne am Strand. Über mir der Feigenbaum voller Früchte, die sich langsam blauviolett färbten. Das hatten auch die Stare bemerkt. Die stritten in den Zweigen mit lautem Gezeter um die besten Plätze. Fast hätte ich Pauls Rufen überhört. Doch jetzt gab es keine Zweifel mehr.

»So komm doch! Da ist was im Fernsehen!«

Fernsehen, – wer will schon fernsehen, wenn die Nahsicht so vollkommen ist.

Wie im Schlaraffenland. Ich musste nur den Arm ausstrecken. So wichtig konnte jetzt nichts sein. Schon hielt ich eine Feige in der Hand. Der Zweig schnellte zurück. Die Stare flogen kreischend auf. Ein Biss – rotes Fruchtfleisch schmiegte sich um die Zunge, setzte tausend winzige Kernchen frei, mit ihnen verhaltene Süße. Köstlich.

Paul ließ nicht locker und irgendwas in seiner Stimme machte mich hellhörig. Auch die Worte des Sprechers im Gerät klangen anders als sonst, sehr hektisch, überschlugen sich fast, wie in einem Actionfilm. Actionfilme interessieren mich nicht. Das weiß Paul doch. Aber er drängelte weiter. Mein erster Blick: Das World Trade Center. Was kümmert mich hier in Frankreich Amerika?

»So guck doch! Sie zeigen es immer wieder!«

Jetzt sehe ich es. Ein Flugzeug nähert sich dem Turm, fliegt gradlinig darauf zu. Ich vergesse zu schlucken, halte den Atem an. Mit unverminderter Geschwindigkeit bohrt es sich hinein. Flammen. Flugzeugtrümmer, die auf der Gegenseite herausschießen. Stille. – Kurz darauf: ein zweites Flugzeug schlägt wie ferngesteuert in den zweiten Turm ein. Flammen, Rauch, Trümmer. Unterlegt von der aufgeregten Stimme des Reporters. »Un avion … et un autre!«

Der Feigenbrei bleibt mir fast im Hals stecken. Drehen die Amerikaner einen Film, – Computersimulation? Wir wollen nicht glauben, dass das, was wir sehen, Realität ist. Ein Schreckensszenario! Sollte das Hochsicherheits-Amerika einem Anschlag zum Opfer gefallen sein? Es gibt keine Zweifel mehr. Menschen mit weißen Fahnen an den Fenstern des Wolkenkratzers. Die ersten, die sich verzweifelt herabstürzen, um dem Flammentod zu entkommen, ehe der erste Turm in sich zusammenfällt, dann der zweite.

Es ist kein Film. Später in den Nachrichten immer wieder die gleichen Szenen. Qualm, Flammen, um ihr Leben rennende Menschen. Einsatzwagen, die ersten Feuerwehrleute. Staub und Asche legen sich wie ein Leichentuch über die Stadt.

Wir werden sie nicht los, die Bilder. Sie verfolgen uns in unsere Träume. Zu Ende, die Unbeschwertheit der Ferien. Stummes Ausharren bis zum Tag der Abreise am 15. September. Wir wollen nur noch nach Hause.

Auf der Ile de Ré ist noch alles wie zuvor. Die Busse nach La Rochelle fahren pünktlich. Am Bahnhof die ersten Durchsagen. Gepäck nicht aus der Hand lassen. Herrenlose Koffer werden gesprengt.

Ein mulmiges Gefühl im TGV nach Paris. Besorgte Gesichter. Trifft es jetzt Europa? Bevorzugte Ziele werden genannt. Der Gare de Montparnasse gehört dazu. Der Tour de Mont Parnasse, ein Wahrzeichen westlicher Großmannssucht, vergleichbar dem World Trade Center.

Schon beim Aussteigen die ersten Durchsagen. Verdächtiges melden! Koffer nicht unbeaufsichtigt lassen!

Alle wirken angespannt, nervös. In der großen Halle Patrouillen mit Maschinengewehren im Anschlag. Ziele in Europa? Offenbar wurden die Drohungen ernst genommen. Nur raus aus dem Bahnhof! Schnell zur Métro. Überall Hektik. Warten an den Fahrkartenschaltern. Immer wieder Durchsagen. Ich habe Mühe, sie zu verstehen, bei dem Geräuschpegel ringsum. Verstehen oder Nichtverstehen kann entscheiden über Leben und Tod. Was, wenn man nicht mitbekommt, dass der Bahnhof evakuiert wird? Wortfetzen aus dem Lautsprecher wiederholen sich, prägen sich ein. »Attention aux personnes suspectes, aux bagages suspects!« Endlich in der Métro. Immer wieder Durchsagen auch hier. Alle sind hochkonzentriert. Keine Musik in den unterirdischen Hallen, kein Lachen, keine Pärchen, die sich küssen. Alle sind darauf aus, schnell aus dem unterirdischen Labyrinth herauszukommen, das zur tödlichen Falle werden könnte. Dasselbe Szenario am Gare de l'Est. Die finster blickenden Uniformierten mit den Maschinengewehren.

Aufatmen im Zug. In etwa zweieinhalb Stunden sind wir in Homburg/Saar. Dort wartet auf dem Vorplatz schon der Bus nach Zweibrücken. Wir genießen es, endlich wieder in der Provinz zu sein, die für Bombenleger sicher nicht so attraktiv ist. Paul atmet tief durch, wird ruhiger von Haltestelle zu Haltestelle. Leute steigen aus, steigen ein. Tür auf, Tür zu. Mir wollen die Augen zufallen. Der Tag war anstrengend. Die einsetzende Dämmerung taucht alles in ein milderes Licht. Bald sind wir daheim. In Sicherheit.

Da, noch ein Stopp. »Bahnhof Einöd«. Wieso das denn? Den gibt es doch seit Jahren nicht mehr. Doch wie aus dem

Nichts steigt jemand ein, merkwürdig vermummt, die Kapuze der Joggingjacke über dem Kopf. Nur wirres, krauses Haar konnte ihr entkommen. Unruhige dunkle Augen suchen einen freien Platz. Der Mensch lässt sich auf den Sitz fallen, stellt seine schwarze Tasche vorsichtig neben sich. Ein Jogger mit so einer Tasche? Die passt eher zu einem alten Mütterchen. Schwarz, an den Ecken abgeschabt, mit zwei Kunststoffgriffen. »Attention aux bagages« schwirrt es mir durch den Kopf. Sofort ist die Anspannung wieder da. Warum lässt er die Tasche nicht aus den Augen, nestelt dauernd daran herum? Das hätte schon genügt, ihn verdächtig zu machen. Jetzt bimmelt auch noch sein Handy. Er nimmt es aus der Jacke, sichtlich nervös, spricht halblaut hinein. Ich kann nichts verstehen, fremde Laute. Alle Alarmglocken läuten.

Mir wird heiß auf meinem Sitz. Sollen wir aussteigen? Lächerlich! Was ist nur mit mir los? Paul ist ebenfalls unruhig geworden. Wir wählen die halbherzige Lösung, setzen uns so weit wie möglich entfernt von dem Typ in die hinterste Reihe. Meine Gedanken überschlagen sich. Manchmal überleben Reisende den Anschlag, weiß ich von Berichten aus Israel, wo immer wieder ein Bus in die Luft fliegt. Nicht ohne Grund. Gewalt erzeugt Gegengewalt. Ist nicht auch unsere westliche Zivilisation gewalttätig ausbeuterisch? Zahlen wir jetzt den Preis?

Ob der Vermummte es wagt, die Bombe zu zünden, wenn er die junge Frau mit dem Kind sieht? Die wagen es, sagen die Medien, die schonen ja nicht einmal sich selbst, sterben den Märtyrertod – wie die Piloten, die in New York Flugzeuge zu Waffen gemacht hatten.

Ich lasse ihn nicht aus den Augen. Das Handy hat er verschwinden lassen, hat die Hand wieder frei, allerdings nur die eine, die rechte ist in der Tasche versenkt. »Wenn's denn sein muss, mach's kurz!«, denke ich, stelle mich tot, wie eine Kellerassel zusammengerollt. Will möglichst wenig Oberfläche bieten für die zu erwartende Explosion. Die Ohren unter dem Mantelkragen versteckt, die Augen zugekniffen – so sehr, dass ich fast nicht gemerkt hätte, wie der Kapuzenmann aussteigt. Er steigt tatsächlich aus, und wir sehen noch, wie er aus der Tasche einen Dackel hebt, ihn behutsam auf den Boden setzt, bevor er ihn an die Leine über den Zebrastreifen führt.

Was hat unsere Fantasie uns da vorgegaukelt? Wo ist unsere Unbefangenheit geblieben? Hat Argwohn sie für immer verdrängt?

Erschöpft und beschämt sinken wir auf unseren Sitz zurück. Mit dem Jogger sind auch unsere Ängste ausgestiegen, jedenfalls für heute.

Zehn Jahre ist das jetzt her.

Ich betrachte das Feigenbäumchen im Garten. Eindrucksvoll die kräftigen Blätter – Feigenblätter.

Nach dem Sündenfall entdeckten Adam und Eva, dass sie nackt waren, Feigenblätter dienten Malern dazu, ihre Blöße zu bedecken.

Zehn Jahre nach dem Anschlag hat man den vermeintlichen Rädelsführer unschädlich gemacht. Der Terrorist ist tot. In einer Nacht- und Nebelaktion erschossen. Der Präsident hat es in Kauf genommen. Sein Volk jubelt. Späte

Genugtuung. Doch der Friedensnobelpreisträger hat sich eine Blöße gegeben. Da hilft kein Feigenblatt.

BARBARA FRANKE

- Geboren 1944.
- Lebt in Zweibrücken.
- Lehrerin, Diplompädagogin, Autorin.
- seit 1992 Vorsitzende der Sektion Zweibrücken des Literarischen Vereins der Pfalz, sowie vom 24.04.2004 bis 11.11.2007 des Gesamtvereins.
- (Mit)Herausgeberin mehrerer Anthologien des Literarischen Vereins.
- Gründungsmitglied und Sprecherin der Autorengruppe Zweibrücken.
- schreibt Schultheater, Lyrik und Kurzprosa.
- Preise: 3. Platz beim Mannheimer Literaturwettbewerb 2002; 4. Platz beim Literaturwettbewerb der Kreisvolkshochschule Südwestpfalz 2007; unter den Preisträgern der Mundartwettbewerbe in Wallhalben, Dannstadt, Bockenheim (2001, 2003, 2009, 2010).
- Veröffentlichungen: *Über allem blau*. Zweibrücken: Echo Verlag, 1998. *Schwarzer Rabe zeichnet weiß* (mit Peter J. Franke). Zweibrücken: Echo Verlag, 2001. *Helena außer sich,* Kurzgeschichten. Speyer: Marsilius Verlag, 2004. Zahlreiche Veröffentlichungen in Anthologien und Literaturzeitschriften.
- *Bildstörung* ist ein Originalbeitrag.

Alex Feuerherdt

Der Offenbarungseid (nicht nur) der Linken

Natürlich habe ich nie vergessen, wer mir die Nachricht überbracht hat und wo ich sie empfangen habe. Ich saß im Büro des Verlages, für den ich seinerzeit arbeitete, als das Telefon klingelte.

»Hier ist Wolfgang. Hast du einen Fernseher in der Nähe?«

»Nein, gibt's hier nicht. Was ist denn?«

»Dann vielleicht ein Radio?«

»Nicht, dass ich wüsste.«

»Sitzt du?«

»Ja, verdammt. Jetzt mach's nicht so spannend.«

»In einen der Türme des World Trade Centers ist gerade ein Flugzeug gekracht.«

»Komm, spar dir die Witze. Sag mir lieber, was du von mir willst.«

»Das ist kein Witz. In einen der Türme des World Trade Centers ist gerade ein Flugzeug gekracht.«

»Warum das denn? Das kann nicht sein. Warum sollte ein Flugzeug ins World Trade Center fliegen?«

»Das weiß ich auch nicht. Besorg dir ein Radio oder so was. Es ist unglaublich.«

Ich versuchte sofort hektisch, das Gehörte via Internet zu

überprüfen, fand auf den einschlägigen Seiten aber nichts (die Agenturen waren mit Online-Meldungen vor zehn Jahren deutlich langsamer als heute). Dafür entdeckte ich in einer Schublade mit allerlei Ramsch tatsächlich ein uraltes, aber noch funktionsfähiges Radio. Der Sprecher war hörbar aufgeregt und konnte nur mutmaßen: ein Unfall? Ein Terroranschlag? Kurz darauf folgte die Nachricht, dass ein weiteres Flugzeug in den zweiten Turm geflogen ist. Und noch eins ins Pentagon. Und noch eins, das in Pennsylvania niedergegangen ist. Also kein Unfall, sondern eine ganze Anschlagsserie.

Ans Weiterarbeiten war jetzt nicht mehr zu denken. Ich fuhr nach Hause, völlig verstört. Am frühen Abend war ich in einem Café mit einem Autor zum Interview verabredet, doch wir saßen nur da und lauschten – wie die anderen Gäste – dem Radio, das der Wirt eingeschaltet und auf volle Lautstärke gedreht hatte. Kaum jemand sagte etwas, und wenn doch, dann waren es Begriffe wie »unbegreiflich« oder »entsetzlich«, Floskeln also, die man so häufig wie gedankenlos verwendet und die deshalb abgedroschen sind – aber was sich an diesem Tag in den USA abgespielt hatte, war ohnehin nicht in Worte zu kleiden.

Wir gaben den Interviewversuch schließlich auf und verließen das Café. Ich ging wie jeden Dienstag ins linke Gemeinschaftsbüro, wo sich viele politische Gruppen trafen: die Antifa, ein antirassistisches Bündnis, eine Hochschulgruppe, eine Antikriegsgruppe und so weiter. Das Durcheinander in meinem Kopf und meine Fassungslosigkeit hätten größer kaum sein können, aber vielleicht würde ich hier ja Leute treffen, die schon wieder zu einem klaren Gedanken fähig waren. Das Gemeinschaftsbüro war voll, voller als sonst üblich; viele starrten gebannt auf ein Fernsehgerät. Die meisten schwiegen, andere hingegen erklärten die Attacken sogleich im Brustton der Überzeugung zu einer »objektiv antiimperialistischen Tat« oder zeigten gar eine überhaupt nicht klammheimliche Schadenfreude. Im weiteren Verlauf des Abend entspann sich eine längere Diskussion, in der zweierlei dominierte: zum einen der Versuch, das Geschehene zu rationalisieren (was bedeutete, es als zumindest irgendwie verständliche »Antwort« auf irgendwelche Verbrechen der USA zu qualifizieren), zum anderen die »Angst vor der Reaktion der Amis«. Das Horrorszenario vom »dritten Weltkrieg«, den George W. Bush nun unvermeidlich anzetteln werde – mit Atombomben, versteht sich –, wurde mehr als einmal ausgebreitet. Kaum jemand äußerte so etwas wie Empathie mit den Opfern der Terroranschläge; vielmehr wurde lapidar darauf verwiesen, dass »die Amis mit ihren ganzen Kriegen« ja weitaus mehr Menschenleben auf dem Gewissen hätten. Ich weiß nicht mehr, ob ich an jenem Abend eher irritiert oder eher befremdet darüber war, dass viele Genossen dieses buchstäblich unfassbare Ereignis mit den gewohnten Kategorien zu fassen versuchten und dabei auch noch ziemlich abgeklärt wirkten. Bei mir überwogen eine völlige Verunsicherung, ein lähmendes Entsetzen und eine quälende Sprachlosigkeit.

Was sich an jenem Abend, vor allem aber in den folgenden Tagen, Wochen und Monaten in der linken »Szene« in »meiner« Stadt (und nicht nur dort) abspielte, hat mich (und nicht nur mich) schließlich auf Distanz zu ihr gehen lassen. Abstruse Verschwörungstheorien, nach denen die Attacken des 11. September von den USA höchstselbst inszeniert worden seien (oder, na klar, vom Mossad), machten die Runde und gewannen rasant an Popularität; nicht wenige Linke, die mit Religion sonst nicht das Geringste am Hut hatten, begaben sich in die örtlichen Moscheen, »um den Islam kennen zu lernen«; viele trommelten gegen einen Krieg der USA in Afghanistan, der für sie »Terror mit höherem Budget« war. Und dann immer wieder dieses eiskalte »Sowas kommt von sowas«, dieses schadenfreudige »Geschieht ihnen recht«, dieses unerträgliche »Selbst schuld«. Es war nicht weniger als ein Offenbarungseid. Der Publizist Henryk M. Broder erinnerte sich kürzlich in einem Beitrag an eine prominent besetzte Podiumsdiskussion, die zwei Tage nach den Anschlägen stattgefunden hatte und den Titel »Terror-Gefahren für das Zusammenleben der Kulturen in einer globalisierten Welt« trug: »Wer immer an diesem Abend die Gelegenheit bekam, sich intellektuell und moralisch zu entleiben, er nutzte sie«, schrieb er. »48 Stunden nach einem Anschlag, bei dem fast 3.000 Menschen pulverisiert wurden, saß in Berlin eine Runde großer Geister zu Gericht über die Opfer eines Massenmordes. Das Urteil fiel eindeutig aus: Schuldig wegen Kollaboration mit dem Imperialismus, dem Kapitalismus und der Globalisierung. Erstaunlicher noch als die völlige Abwesenheit jeden Mitgefühls war die Gewissheit, mit der das Volksgericht zur Tat schritt.« Genau solche Volksgerichte schien es nun landauf, landab zu geben, und eines davon war von sich progressiv dünkenden Menschen in der Stadt, in der ich lebte, besetzt worden.

Über das, was Broder eine intellektuelle und moralische Entleibung nannte, spaltete sich die linke Szene letztlich. In »meiner« Stadt kam es einige Wochen nach 9/11 zu einer Versammlung derjenigen Aktivisten, die sich nicht damit abfinden mochten, dass die vernichtenden Attacken in ihren Gruppen und Grüppchen rationalisiert, verharmlost, den USA in die Schuhe geschoben oder gar bewundert wurden. Aus dieser Versammlung resultierte schließlich die Gründung eines Bündnisses, das sich deutlich von den in der Linken dominierenden Einschätzungen zum 11. September abgrenzte. Da sich dieses Bündnis zunächst ebenfalls im linken Gemeinschaftsbüro traf, waren Konfrontationen so unvermeidlich wie unausweichlich. »Spalter« und »Imperialistenknechte« war noch das Freundlichste, was wir zu hören bekamen. Auf den Kundgebungen gegen den Afghanistan-Krieg kam es zu Wortgefechten, als wir unsere Flugblätter verteilten; eine Gedenkdemonstration zum Jahrestag der Reichspogromnacht am 9. November leerte sich schlagartig, nachdem wir in einem Redebeitrag den antisemitischen Charakter der Anschläge zum Thema gemacht hatten. An den auftretenden Differenzen zerbrachen Freundschaften und politische Gruppen – und das war wohl auch unvermeidlich.

Mir ist erst durch 9/11 wirklich bewusst geworden, was Antiamerikanismus bedeutet und wie prägend er für eine Linke ist, die in ihrer »antiimperialistischen« Abneigung gegenüber den USA bisweilen nicht einmal vor der Annäherung an Islamisten zurückschreckt – getreu dem Leitsatz »Der Feind meines Feindes ist mein Freund« –, obwohl sie dadurch genau jene Versprechungen von Glück und Freiheit verrät, die sie sich doch eigentlich auf ihre Fahnen geschrieben hat. Aus einer vermeintlich fortschrittlichen Gesinnung heraus wird so ziemlich alles, was die Vereinigten Staaten tun und lassen, mit unheilbar gutem Gewissen verworfen, verurteilt und verdammt. Widerfährt den Amerikanern Unheilvolles, dann haben sie es sich redlich verdient, weil sie es selbst verursacht haben – immer. Die Argumentation geriert sich dabei als Ausweis von Vernunft, die Kritik gibt sich als Einsicht in die Notwendigkeit aus. Doch schon die außergewöhnliche Verve, mit der die Anklagen gegen Amerika präsentiert werden, und die bizarre Besessenheit, mit der das Gros der Linken sich auf die USA stürzt, verraten das Ressentiment, das dem stets von vornherein feststehenden Urteil über »die Amis« innewohnt. Dieses Ressentiment – das auch Islamisten, Sozialdemokraten, Grüne, deutsche Liberale und die Rechten auszeichnet – bringt politische Strömungen zusammen, die sonst mehr teilt als eint; es ist sinn- und gemeinschaftsstiftend, nicht zuletzt mit Blick auf die deutsche Geschichte.

Am 11. September 2001 hat sich das genauso gezeigt wie neuneinhalb Jahre später, anlässlich der Tötung Osama bin Ladens, des Verantwortlichen für die Terroranschläge von 9/11. Durch Politik und Medien rollte hierzulande eine Welle der Empörung über den »Tod eines 54-jährigen Familienvaters«, wie es der Moderator einer Radiosendung im Westdeutschen Rundfunk geradezu paradigmatisch formulierte; der Publizist Clemens Wergin konstatierte zu Recht ein »deutsches Zartgefühl für einen Massenmörder« – ein Zartgefühl, das man den Opfern dieses Massenmörders niemals entgegenzubringen bereit war. Fast noch schlimmer als die Beseitigung bin Ladens fand man die Erleichterung, die viele Amerikaner nicht nur verspürten, sondern auch offensiv zeigten. »Was ist das für ein Land, das eine Hinrichtung derart bejubelt?«, fragte beispielsweise ein Kommentator in den ARD-»Tagesthemen«, und er antwortete sich sogleich selbst: »Die USA sind ein Land, das sich heute nicht mehr aus eigener Stärke definiert, sondern aus Tod und Niederlage anderer. [...] Zivilisierte Nationen haben einst das Völkerrecht geschaffen. Sie haben sich darauf verständigt, dass Verbrecher vor den Internationalen Strafgerichtshof gestellt werden. Es mag naiv klingen angesichts der Umstände, aber mein Verständnis von einem Rechtsstaat ist nicht, dass Mörder einfach abgeknallt werden. Bleibt die Frage: Wem nützt der Tod bin Ladens? Die Amerikaner haben einen neuen Märtyrer geschaffen; die Anhänger bin Ladens werden neue Rache suchen. Ist die Welt heute also sicherer geworden? Nein. Aber Obama steht im Wahlkampf; er hat sich als Law-and-Order-Politiker profiliert. Ist er seiner Wiederwahl heute näher gekommen? Ja. Ich fürchte, so einfach ist die Rechnung.«

Ja, was ist das für ein Land, in dem man sich darüber freut, dass einer, der den Tod Tausender Menschen zu verantworten und die Welt mit barbarischem Terror gepeinigt hat, gezwungenermaßen den Weg alles Irdischen gegangen ist? Ein anderes Land jedenfalls als jenes, in dem man auf das Dahinscheiden eines Diktators, der den Tod von Millionen Menschen zu verantworten und die Welt mit einem Vernichtungskrieg überzogen hatte, mit kollektiver, jämmerlicher Trauer reagierte – bevor die Care-Pakete aus dem ziemlich fremden Land die Tränen des Selbstmitleids ein bisschen trockneten. Ziemlich fremd blieb dieses ferne Land trotzdem, denn die Deutschen – diese Kulturnation par excellence, die 1933 Bücher verbrennen ließ –, haben es letztlich nicht verwunden, ausgerechnet von den kulturlosen, rachsüchtigen und geldgeilen Amis besiegt worden zu sein, zumal diese aus der Niederlage der Germans, welch Frevel, auch noch Genugtuung geschöpft haben. Und deshalb werden sie von den deutschen Nachgeborenen (einschließlich ihrer Linken) beizeiten aus dem Kreis der »zivilisierten Nationen« exkommuniziert; schließlich hat man hierzulande seine Lektion in Sachen »Vergangenheitsbewältigung« derart gründlich gelernt, dass man Mörder nicht nur nicht abknallt, sondern ihnen sogar ein ruhiges Hinterland bietet, von dem aus sie Mordtaten wie jene des 11. September 2001 ungestört planen können. Wenn der Hauptverantwortliche für einen solchen Massenmord dann ein für alle Mal unschädlich gemacht wird, ruft man nach »Rechtsstaat« und »Völkerrecht«, während man selbst mit den Amerikanern ganz kurzen Prozess macht und darüber hinaus ihren Präsidenten als einen entlarvt, der wie sein verhasster Vorgänger über Leichen geht, wenn er sich dadurch einen Vorteil im Wahlkampf verspricht.

»Nie geraten die Deutschen so außer sich, wie wenn sie zu sich kommen wollen«, schrieb Kurt Tucholsky einmal, und das war ein Satz von dauerhafter Gültigkeit. »Die Deutschen sind entweder für den totalen Krieg oder den totalen Frieden; die ›Exportweltmeister‹, die ›Weltmeister der Herzen‹ sind auch Branchenführer im Moralisieren«, übertrug Henryk M. Broder Tucholskys Diktum in die Gegenwart. »Aber die Moral, die sie produzieren, ist das reine Gewissen resozialisierter Gewalttäter, die ihre Strafe verbüßt, ›die Lehren aus der Geschichte gelernt‹ haben und nun einer ›Friedfertigkeit‹ verfallen sind, die sie in Form unterlassener Hilfeleistung pflegen.« Dic besondere Empörung über die Tatsache, dass ausgerechnet Barack Obama – den man doch eigentlich schon als halben Europäer eingemeindet hatte und der nun plötzlich »auch nicht besser als Bush« war – den Befehl zur Tötung bin Ladens gegeben hatte, und die ganze himmelschreiende Bigotterie der Debatte kommentierte Broder so: »Wenn die Deutschen etwas nicht abkönnen, dann dies: von einem Führer, dem sie vertraut haben, enttäuscht zu werden. Sie nehmen übel, und zwar nachhaltig. So bricht in Deutschland eine Debatte über das Völkerrecht aus, wenn die Amis einen Massenmörder zur Strecke bringen, ohne ihn vorher darüber aufzuklären, dass alles, was er sagt, gegen ihn verwendet werden kann. Wenn aber ein Kinderschänder, der seine Strafe verbüßt hat, nicht in Sicherungsverwahrung genommen, sondern entlassen wird, bildet sich sofort eine Bürgerinitiative, die von der Polizei mit viel Mühe davon abgehalten werden muss, das Gesetz in die eigenen Hände zu nehmen. Denn dabei handelt es sich nicht um einen Fall von Menschen- oder Völkerrecht, sondern um den Erhalt des dörflichen Idylls im

Hunsrück oder in der Eifel, jedenfalls um ein Stück Lebensqualität, etwas, wovon die Amis, wie man schon an ihren Essgewohnheiten erkennt, sowieso keine Ahnung haben. Denen geht es nur um Geld, Macht und Profit.«

Bereits 1981 hatte Broder in einem offenen Brief in der »Zeit« seinen »Austritt« aus der Linken verkündet; er warf seinen früheren Genossen ihren als »Antizionismus« verkleideten Antisemitismus vor. Wie Recht er mit seiner Kritik noch heute hat, lässt sich an so ziemlich jeder Diskussion über Israel feststellen. Der Antiamerikanismus, den Broder zwanzig wie dreißig Jahre später konstatierte und kritisierte, kommt nicht zufällig zumeist Hand in Hand mit dem Antisemitismus in all seinen Formen daher. Die verbindenden Elemente bestehen im Hass auf die Emanzipation des Individuums, auf den Kosmopolitismus und auf alles, was man für irgendwie »künstlich« hält; demgegenüber bringt man – in völliger Pervertierung des Menschenrechts – kollektive und scheinbar »organische« Werte in Anschlag: Herkunft, Scholle, Volk. Die USA wie auch Israel werden nicht dafür angegangen, was sie tun, sondern dafür, was sie sind und wofür sie stehen. Und genau hier verläuft auch die Grenze zwischen Kritik und Ressentiment.

Siebeneinhalb Jahre nach 9/11 war ich zum ersten Mal in New York, und insbesondere am Ground Zero wurde mir nicht nur die gigantische Dimension der Verbrechen vom 11. September 2001 noch einmal deutlicher und bewusster, sondern auch die erschreckende Gefühlskälte all jener, die diese Taten bis heute relativieren, entschuldigen, rechtfertigen oder sogar begrüßen. Es war eine schmerzhafte Einsicht, aber auch eine sehr prägende – und eine, von der ich noch nichts ahnte, als vor nunmehr zehn Jahren im Verlagsbüro das Telefon klingelte.

ALEX FEUERHERDT

- Geboren 1969.
- Lebt als freier Publizist und Lektor in Köln.
- Schreibt regelmäßig unter anderem für: Jüdische Allgemeine, Konkret, Tagesspiegel, Jungle World.
- Vorträge zu den Schwerpunktthemen Israel/Naher Osten, Antisemitismus und Islamismus.
- Letzte Buchveröffentlichung: *Verratene Freiheit. Der Aufstand im Iran und die Antwort des Westens*. Berlin: Verbrecher-Verlag, 2010. [Herausgegeben mit Thomas von der Osten-Sacken und Oliver M. Piecha].
- *Der Offenbarungseid* ist ein Originalbeitrag.

Andreas Dury

Ich kann mich nicht sattsehen an Attas Gesicht

»Manchmal stehe ich nachts auf, schalte den Computer an und klicke mich auf eine Internetseite, auf der ich Attas* Gesicht sehen kann. Ich speichere es nie und lösche hinterher auch immer den Cache, als hätte ich Angst, sein Bild könnte Wirrsal stiften unter meinen Daten. Es ist immer dasselbe Bild, derselbe Blick, der sich in mich hineinbohrt. Ich habe auch Attas Testament gelesen mit den vielen Anweisungen, die seine Beerdigung betreffen. Wenn ich die konzentrierte Gespanntheit seines Blickes sehe, dann frage ich mich, wie er dazu kam, sich so viele Gedanken um die Bestattung seines Körpers zu machen, von dem doch nichts übrig geblieben ist. Er hat das Testament mit 32 geschrieben, 5 Jahre vor seinem Tod. Ich denke, dass in diesen fünf Jahren sein Tod gereift und schwer geworden ist, wie der

* Mohammed Atta, geboren am 1. September 1968 in Ägypten, war ein islamistischer Terrorist. Er gilt als der Anführer des Terrorkommandos, das bei den Anschlägen am 11. September 2001 eines der beiden Flugzeuge entführte, die an den Türmen des World Trade Centers zerschellten. Vermutlich flog Atta das Flugzeug. Er kam bei dem Anschlag ums Leben.

Embryo im Leib einer Schwangeren. Ich stelle mir vor, wie dieser ernste und beherrschte Mann gebrüllt hat vor Entsetzen und Glück, als dieser Tod, der so groß war, dass er 5000 mit sich riss, aus ihm hervorbrach.«

Ich frage ihn, wieso es Attas Tod war, der gestorben wurde, als die 5000 starben. Hat nicht jeder seinen eigenen? Und ich frage ihn, ob er die verhöhnen, oder zu einem bloßen Stoff herabreden will, die 5000, die nicht sterben wollten und gezwungen waren, die Flamme zu nähren, in der Attas Tod aufloderte, um sich in die Gehirne der Lebenden einzubrennen, wo er nicht mehr zu löschen ist ... Aber er beteuert, dass es keinesfalls ein im Todestriumph schwelgendes Begehren sei, das ihn nachts an den Computer treibt, um sich Attas Gesicht anzusehen.

»Es gibt Bilder«, sagt er, »die sind so groß, dass sie einen zwingen, sie zu verstehen. Ich kann die Bilder des 11. September nicht so sehen, wie George W. Bush sie gesehen hat. Tut mir leid. Dabei glaube ich nicht, dass sie Bush näher gegangen sind als mir. Aber mich haben sie in überhaupt keiner Weise nach Rache durstig gemacht. Wofür sollte ich mich rächen? Für ein Bild, das mich mehr beeindruckt hat als alles, was ich bisher gesehen habe?

Dass für Bush die Sache sich so darstellt, dass sie nach Vergeltung schreit, wundert mich nicht. Aber ich bin ein einzelner, kleiner Mensch und habe nicht, wie der amerikanische Gottvater, 5000 Leute verloren. Deshalb habe ich das Recht, mich ganz für mich selbst zu fragen: Was ist die Botschaft, was sagt mir dieses Bild?

Es ist auch mir überlassen, welches konkrete Einzelbild

für mich die Chiffre der Tat ist. Ich bin nicht verpflichtet, mir weinende Feuerwehrleute, die das Sternenbanner schwenken, anzusehen, wenn ich über den 11. September nachdenke. Ich schaue mir lieber Attas Gesicht an.

Aber natürlich denke ich an die Opfer, und zwar nicht nur nebenbei. Denn was wäre die Tat ohne dieses gigantische Menschenopfer? Vielleicht liegt sogar darin ihr Sinn: den Tod dahin zu tragen, wo man ihn normalerweise nicht erleidet, sondern von ihm profitiert.«

Ich bin nicht wenig überrascht über die Art, in der mein Freund über diese grausige Tat spricht. Ich werfe ihm Sophisterei vor, wo doch deutlich vor Augen steht, dass eine solche Tat bedingungslos verurteilt werden muss und nicht zum Ausgangspunkt relativistischer Gedankenspiele gemacht werden darf.

Er winkt ab und sagt: »Wir sind keine Politiker und haben auch sonst kein Amt, das uns verpflichtet, unsere eigenen Gedanken abzustellen. Wir haben am 11. September weder Freunde noch Geld verloren und den Tod von 5000 Unbekannten zu ertragen, sind wir gewöhnt und sollten uns davon nicht um den Verstand bringen lassen.«

Ich wehre mich gegen diese Unterstellung und sage, dass ich mich niemals an den gewaltsamen Tod Unschuldiger gewöhnen werde und auch nicht gewöhnen will.

»Nenn es, wie du willst«, sagt er und lächelt kalt, »jeden Tag und jede Minute sterben Unschuldige, manchmal werden sie im Fernsehen gezeigt, aber nie änderst du deswegen dein Leben. Nun möchte ich dir nicht gleich Verlogenheit vorwerfen, aber der Hinweis sei mir gestattet, dass dein

Begriff von Gewöhnung ein anderer zu sein scheint als meiner.«

Ich bin tatsächlich etwas beschämt und lasse ihn fortfahren.

»Immer ist der Tod der Meister der Werte. Immer beruht Wertschöpfung auf der Enteignung von Lebenszeit. Dabei ist es egal, ob der Lebenszeitbesitzer seine Lebenszeit freiwillig opfert, um ein ihn befriedigendes Werk zu schaffen, oder ob er als Knecht zu entfremdeter Arbeit gezwungen wird. Ja, selbst wenn seine gesamte Lebenszeit von dem Werk verschlungen, der Mensch also durch die Arbeit vernichtet wird, selbst dann werden Werte geschaffen. Denn der Wert ist ganz und gar gleichgültig gegen die Art, wie er erzeugt wurde. Er kennt keinerlei Moral.

Sieh dir deinen Ehering an! Reines Gold vermutlich. Hast du dir schon einmal Gedanken darüber gemacht, wessen Leben da eingeschmolzen ist, wessen Tod deinem Ring seinen Wert gegeben hat? Stammt das Gold für deinen Ring aus dem Goldzahn eines von Nazis ermordeten Juden? Stammt es aus den Goldminen am Witwatersrand, wo wie Sklaven gehaltene Schwarze in den Höllenschächten zu Hunderten ums Leben kommen? Stammt es von den Ufern des Kolyma, wo man die Toten nicht zählte, als dort die großen Gefangenenlager waren? Es gibt kein Verfahren, das gute Gold von dem bösen Gold zu trennen, aber es ist ganz einfach, seinen Wert zu bestimmen. Das Gold ist nur ein kleines Beispiel für die Tatsache, dass in all unsere Werte der Tod eingemischt ist.

Warum sollte nicht auch am 11. September ein großer Wert geschaffen worden sein?«

Ich vermute, dass er wieder einmal zu viel getrunken hat, aber er streitet das ab und bietet mir an, das Gespräch abzubrechen, wenn ich nicht in der Lage sei, über Dinge nachzudenken, deren Sinn nicht sofort auf der Hand liegt. Ich denke, dass es kein Verbrechen ist, jemandem zuzuhören, auch wenn er Dinge sagt, die außerhalb jeder Moral liegen und bitte ihn, weiterzusprechen.

»Auch wenn man es in den reichen Ländern kaum noch wahrnimmt: jeder Warenwert stammt aus der Enteignung von Leben.

Wir können uns den Wertschöpfungsprozess frei nach Marx etwa so vorstellen: Eine Fabrik ist eine Maschine mit zwei Kanälen für den Input: ein Kanal für die Rohstoffe und ein Kanal für die Lebenszeit. Die Rohstoffe werden von Transportfahrzeugen in die Fabrik gebracht, die Lebenszeit kommt auf den Füßen ihrer Besitzer zum Tor herein. In der Fabrik befindet sich ein Mechanismus, der die Lebenszeit der Arbeiter mit den Rohstoffen vermischt. Dabei entsteht ein Gebrauchswert und ein Tauschwert. Der Output der Fabrik ist somit eine Ware.

Wenn die Marxsche Wertschöpfungstheorie auch vielfach kritisiert worden ist, muss man sie doch wegen des klaren Bildes, das sie liefert, schätzen. Bei der Erzeugung von Wert handelt es sich immer um einen Tausch von Leben und Tod. In der nichtentfremdeten Arbeit ist dieser Tausch eine Quelle der Lust. Mit Enthusiasmus investiert da der Arbeiter seine Lebenszeit in die Materie, prägt ihr seinen Willen, seine Intelligenz, seine Geschicklichkeit auf, gibt ihr seinen Sinn. Am Ende des Werkes hat der Arbeiter zwar Zeit abgegeben, aber gleichzeitig auch erhalten, und zwar in »geronnener« Form, als ein Stück Außenwelt, in die sein Leben eingegangen ist. Er hat sich, indem er von seiner Lebenszeit etwas opferte, ein Stück Außenwelt angeeignet.

In der entfremdeten Arbeitssituation, am unteren Ende der Produktivitätsskala wird der Arbeiter aber um diesen befriedigenden Teil seines Werkes betrogen. Sein Lohn besteht nur in dem zufälligen Tauschwert, auf den die Gesellschaft, in die er zufällig hineingeboren wurde, seine Lebenszeit taxiert.

Allgemein gilt die Formel: Einem Gegenstand kommt in dem Maß ein Wert zu, in dem menschliches Leben in ihm ›geronnen‹ ist.«

Voller Ungeduld unterbreche ich seinen Monolog. Er solle mir nun endlich einmal sagen, welchem Ding bei der Tat am 11. September ein Wert zugeflossen sei. Was könnte bei diesem Destruktionswerk die Materie sein, in die das Leben der 5000 Opfer eingegangen ist?

»Langsam, langsam«, sagt er, »wir sind noch nicht so weit, diese Frage zu stellen. Ist es denn überhaupt ausgemacht, dass es nur dingliche Werte gibt, oder anders ausgedrückt, dass alles Werthaltige als Ware auf dem Markt zirkuliert?

Wenn man davon ausgeht, dass jedes Leben gleich viel wert ist, dann müsste von jedem Arbeiter in derselben Zeit dasselbe Wertquantum erzeugt werden können. Es liegt aber auf der Hand, dass dies nicht der Fall ist. Zum einen gibt es Unterschiede, die in den arbeitenden Personen selbst liegen – nicht alle verfügen über dasselbe Maß an Intelligenz, an Fleiß, an Geschicklichkeit, usw. Aber in weitaus größerem Maß differiert die Produktivität aufgrund der zur Verfügung stehenden Arbeitsmittel. Diese sind selbst werthaltige Dinge, das heißt: Gegenstände, in denen menschliche Arbeitszeit gespeichert ist. Wenn bei der Produktion von Wert solche Arbeitsmittel eingesetzt werden, dann reduziert sich der Aufwand für den Arbeiter, denn er kann die Zeit, die bereits in das Arbeitsmittel eingeflossen ist, für seine aktuelle Arbeit mobilisieren. Der Wert, der von dem Arbeiter geschaffen wird, stammt dann nur zum Teil von seiner eigenen Arbeitszeit. Solche Arbeitsmittel bzw. solche Lebenszeitspeicher liegen nicht nur in Form von Werkzeugen und Werkzeugmaschinen vor, sondern z.B. auch in Form von Wissen, von Infrastruktur, von Kommunikationsmitteln, usw. Unter Verwendung der in den modernen Industriestaaten vorhandenen Arbeitsmittel kann dort ein Arbeiter in Sekundenschnelle tausende von Mannjahren realisieren und ist daher wesentlich produktiver als wenn er allein auf sich gestellt wäre.

In der entfremdeten Arbeitssituation, etwa bei der Rohstoffgewinnung mit primitiven Gerätschaften (denken wir an den Kupferabbau in Sambia) ist die der Materie eingeprägte Lebenszeit relativ gering. Dem Arbeiter steht weder ein besonderes Wissen, noch hochentwickeltes Gerät zur Verfügung, sodass er in nur geringem Maß bereits von anderen geleistete Arbeit zur Erhöhung seiner Produktivität einsetzen kann. Der Wert, den er der rohen Materie hinzufügt, geht voll auf seine Kosten, auf Kosten seiner Lebenszeit.

Je primitiver die Hilfsmittel sind, mit denen der Arbeiter seinen Beitrag zur Wertschöpfung leistet, umso geringer ist der Wert seiner Arbeit und das heißt: je näher sitzt ihm der Tod im Nacken.

Wertschöpfung ist ein Gebot der Selbsterhaltung. Nur indem ein Mensch Teile seiner Lebenszeit als Arbeit in die Materie investiert, erhält er sie als Lebensmittel zurück. Die im Werk vergegenständlichte Lebenszeit verschafft ihm die Möglichkeit, seine dynamische Lebenszeit zu erhalten.

Dabei ist zu bemerken, dass bei der Vergegenständlichung der Lebenszeit diese ihre Beziehung zu ihrem Besitzer verliert. Vergegenständlichung von Lebenszeit heißt gleichzeitig: Enteignung von Lebenszeit. Das ist die Grundvoraussetzung für zweierlei: erstens, dass ein Mensch einen anderen für sich arbeiten lassen kann; und zweitens, dass man von der vergegenständlichten Lebenszeit von Menschen profitieren kann, die es gar nicht mehr gibt.

Aus diesem Grund gibt es auch keine Schuldlosigkeit. Das Unrecht, das unsere Vorfahren begangen haben, um unser Land aufzubauen, bleibt in den Arbeitsmitteln erhalten. Das Gold, das den ermordeten Juden aus den Zähnen gebrochen wurde, zirkuliert immer noch in unseren Goldbarren, in unseren Eheringen, in den Kontakten unserer Computerchips. Das medizinische Wissen, das die deutschen KZ-Killer ihren Opfern abgefoltert haben, wird immer noch an den medizinischen Fakultäten gelehrt. Der ägyptische Staat profitiert bis heute von den abertausend Toden, die beim Bau der Pyramiden gestorben wurden … die Liste ließe sich sehr lange (!) fortsetzen.

Die Bewohner der reichen Staaten leben nur zum Teil von ihrer eigenen Arbeit. Zu einem viel größeren Teil leben sie von den Toten. Dabei erben sie nicht nur von ihren Vorfahren, sondern auch von denen, die von den Vorfahren ausgebeutet und getötet wurden.

Es lohnt sich in diesem Zusammenhang, über den Sinn des Opfers nachzudenken. Bataille zufolge hatte das Opfer den Sinn, die Gegenwart von den aufgespeicherten Toden zu befreien. Manche Feste, die heute noch begangen werden, erinnern an diesen Sinn. Zum Beispiel werden in der Fastnacht in rauschhafter und maskierter Gebärde die Reste verzehrt und die Geister vertrieben, damit nach der anschließenden Fastenzeit und der Frühjahrssonnwende neu begonnen werden kann. Immer wird im Opfer entweder tatsächlich oder nur symbolisch der Überschuss vergeudet, denn der Überschuss hat etwas Böses an sich, wenn die Menschen ihn bei sich behalten.

Das Christentum bricht radikal mit dieser Opfertradition. Im Opfertod Jesu wird die Geste des Ur-Opfers, des abrahamistischen Sohnesopfers, aufgegriffen, aber anders als Abraham, der seinen Sohn letztlich am Leben lässt und statt seiner einen Widder vergeudet, liefert Gott seinen Sohn den römischen Schergen tatsächlich aus. Gott selbst bringt den Menschen ein Opfer und zwar nicht irgendetwas, sondern seinen intimsten Surplus, seinen eigenen Sohn. Die Umkehrung des Opfers ist der die Zeit wendende Vorgang: Nicht der Mensch bringt seinen Überschuss dem Gott zum Opfer dar, sondern Gott opfert sein Wertvollstes den Menschen. Von nun an hat das traditionelle Opfer seinen Sinn verloren.«

Hier wage ich wieder meinen Freund zu unterbrechen. Es geht doch um den 11. September 2001, sage ich, darüber hast du doch sprechen wollen. Ich verstehe nicht, wie deine Interpretation der marxschen Wertschöpfungstheorie, vermischt mit deiner Interpretation des Opferbegriffs in diese Richtung gehen soll. Möglicherweise willst du aber nur vor dich hin spekulieren und hast längst vergessen, dass ich dabeisitze und wirklich daran interessiert bin, zu erfahren, was dir dein stundenlanges Anstarren von Attas Gesicht eingebracht hat. Mein Freund schaut mir erstaunt in die Augen und scheint nicht zu verstehen, wieso ich ihn auf Um- und Abwegen vermuten könnte. Ziemlich schroff klingt seine Entgegnung, bin Laden habe vermutlich Jahre gebraucht, um diese Tat vorzubereiten und wir könnten uns keineswegs die Hoffnung machen, innerhalb von wenigen Sekunden zu erkennen, um was es dabei ging.

Ich sage, dass es doch auf der Hand liege, dass bin Laden und seine Terrororganisation sich ganz einfach das spektakulärste Objekt des internationalen Kapitalismus herausgesucht und es mit dem am einfachsten zur Verfügung stehenden Mittel zum Einsturz gebracht hätten. Da braucht man keinen Marx und keinen Bataille, um das zu verstehen.

»Bin Laden hat weder Marx noch Bataille gebraucht, um die Tat zu planen«, sagt mein Freund, »aber für uns geht es ja überhaupt nicht darum, bin Laden zu verstehen, oder uns in die Details seiner Planung hineinzudenken. In uns selbst müssen wir uns hineindenken, in unser eigenes Entsetzen, in unsere eigene Faszination. Was interessiert mich bin Ladens Plan? Was interessiert mich Attas Testament? Mit beiden habe ich nichts zu schaffen, warum sollte ich über sie nachdenken?«

Du verblüffst mich immer wieder mit deinen Winkelzügen, sage ich. Gerade hast du noch gesagt, dass du dich nicht sattsehen kannst an Attas Gesicht und jetzt sagst du, dass er dich nicht interessiert.

»Du hast eben nicht zugehört«, fährt mein Freund mich an. »Die verausgabte Lebenszeit gehört nicht mehr ihrem ursprünglichen Besitzer und die getane Tat gehört nicht mehr ihrem Täter, habe ich gesagt, und dazu Marx bemüht, den du für überflüssig hältst. Wenn ich in Attas Gesicht hineinstarre, starre ich in mich hinein, wenn ich mich für Attas Tat interessiere, interessiere ich mich für mich.«

Wir trinken und schweigen und lassen die Erregung abklingen, in die uns dieser Wortwechsel versetzt hat. Schließlich fängt mein Freund wieder an:

»Die Differenz zwischen dem Leben und seiner Vernichtung ist nicht substantiell. Das in der Zeit gelebte Leben ist nichts anderes als seine in die Zeit entfaltete Vernichtung, ein mehr oder weniger mühsamer Umweg zu dem Ziel, das gemäß dem zweiten Hauptsatz der Thermodynamik auf jeden Fall erreicht wird. Nur indem der lebendige Organismus permanent seine Lebenszeit an die ihm äußere Materie abgibt, bleibt sie ihm in engen Grenzen erhalten. Das aber heißt, dass ein Mensch ohne Arbeit – eigene oder fremde – nicht lebensfähig ist. In den Städten der reichen Staaten gibt es kaum ein Krümelchen Materie, das nicht durch den menschlichen Arbeitsprozess hindurchgegangen ist, das keinen Sinn innerhalb der menschlichen Lebenszusammenhänge hätte. Von Geburt an ist ein Mensch in den reichen Staaten von Artefakten umgeben, er schwimmt in einem Meer von vergegenständlichter Lebenszeit. Darum muss er in aller Regel weder Hunger noch Durst noch Kälte überwinden, er braucht keine Feinde zu fürchten, er wird mit dem exaktesten Wissen über die Welt versorgt, das es je gab und profitiert von seinem ersten Lebensmoment an von der Zeit, die seine Vorfahren in die Welt eingebracht haben, um im entropisch vernichtenden Tohuwabohu eine immer umfassender und stabiler werdende Lebenswelt zu errichten. Jenseits dieser Welt, hinter dem Horizont, befindet sich die Gegenwelt, das Ende der Zeit, das Nichts, der eigene Tod.

In der christlichen Mythologie spielt das Ende der Zeit eine große Rolle. Es gibt sogar zwei Endpunkte der Zeit, was einleuchtend ist unter der Annahme, dass es zwei Zeiten gibt: die Lebenszeit jedes einzelnen und die Weltzeit. Das Ende der Lebenszeit tritt mit dem individuellen Tod ein. Die Seele des Verstorbenen tritt damit in eine Zeitlosigkeit ein, die jedoch nicht absolut ist, sondern auf eine schwer fassbare Weise mit der Weltzeit verbunden bleibt. Für die individuelle Zeitlosigkeit sieht das Christentum drei Reiche vor: die Hölle, den Himmel und das Fegefeuer. Wer wohin expediert wird, hängt vom Urteil Gottes über das Leben des Verstorbenen ab. Dass diese Reiche aber nicht ganz und gar außerhalb der Zeit stehen, ist daraus zu schließen, dass das Ende der Zeiten, also das Ende der Weltzeit, ein Ereignis ist, das Auswirkungen auf die Insassen von Himmel, Hölle und Fegefeuer hat. Am Ende der Zeit ist nämlich Gerichtstag und Gott beurteilt ein zweites Mal die Seelen, um sie dann endgültig zu verdammen, oder zu verherrlichen.

Man muss sich nun fragen, warum Gott die Seelen zweimal beurteilt. Müssen wir davon ausgehen, dass er sich beim ersten Mal irren kann und beim zweiten Mal korrigieren muss? Das wären schlechte Aussichten! Denn wenn er beim ersten Mal die Möglichkeit hat, sich zu irren, warum sollte er diese Möglichkeit beim zweiten Gerichtstermin nicht mehr haben?

Wenigstens beim Jüngsten Gericht, denke ich, sollte eine göttliche Fehlleistung ausgeschlossen sein.

Auf einer anderen Ebene lassen sich die zwei Enden der Zeit, bzw. die zwei Gerichtstermine besser verstehen.

Beide Zeiten sind Erzeugnisse der Menschen. Die eine Zeit, die Spanne zwischen der Geburt und dem Tod eines Menschen, wird erzeugt durch den biologischen Stoffwechselprozess zwischen dem Menschenkörper und den Stoffen aus der äußeren Natur. Sie hält so lange an, wie der Mensch als biologisches Ding in der Lage ist, Sauerstoff in Kohlendioxyd und Nahrung in Kot umzuwandeln. Diese Zeitproduktion ist die Voraussetzung für die Erzeugung der zweiten Zeit, die durch die Vergegenständlichungen der ersten Zeit entsteht. In dieser zweiten Zeit wird die Welt lesbar und verstehbar. Durch die Verausgabung von lebendiger Lebenszeit an die rohe Materie wird diese sinnhaft und zwar zunächst in ihrer gebrauchswertmäßigen Beziehung zu bestimmten Zwecken und dann auch in ihrer tauschwertmäßigen Beziehung zu anderen Erzeugnissen menschlicher Arbeit.

Diese zweite Zeit ist unabhängig von dem Leben bestimmter Individuen. Sie besteht, solange es überhaupt Menschen gibt. Der »jüngste Tag« ist der Tag, an dem diese Zeit liquidiert wird. Die Gräber werden geöffnet, heißt es an verschiedenen Stellen des Neuen Testaments und die vergegenständlichte Zeit fließt zurück zu den Toten nach Maßgabe ihrer Werke (z.B. Joh. 5,28, Offb. 20,11ff).

Das erste Gericht befasst sich demnach mit dem Leben, das der Mensch zu seinen Lebzeiten geführt hat. Das zweite Gericht befasst sich mit den Werken.

Darum konnten auf der Grundlage der christlichen Religion zwei verschiedene Ethiken entstehen, die ich der Einfachheit halber die katholische bzw. die protestantische Ethik nennen will. Der katholischen Ethik würde ich Begriffe wie Enthaltsamkeit, Weltabgewandtheit, Kontemplation, heilige Werke zuordnen. Der Inbegriff des katholischen Heiligen wäre der Eremit, der keine Dinge produziert, der sich nicht fortpflanzt, der sich nicht in die Belange des menschlichen Alltags einmischt. Er käme beim ersten Gericht vermutlich gut weg. Er hat sein heiliges Leben weder in sündiger Lust noch in weltlicher Betriebsamkeit verausgabt und ist rein geblieben wie ein Säugling.

Die protestantische Ethik ist dagegen eher eine Ethik der zweiten Zeit. Hier geht es um konkrete Werke, nicht um schlechthin gute Werke, die es ohnehin nicht gibt, sondern um die Herstellung zweckmäßiger Dinge, die gut sind nach Maßgabe der menschlich-weltlichen Bedürftigkeit. Das Werk ist gut in dem Maße, wie es geeignet ist, die Welt für die Menschen erträglicher zu machen. Da sowohl die

Menschen als auch ihre Lebensverhältnisse unterschiedlich sind, kann nicht absolute Gutheit angestrebt werden, sondern nur relative, was dann ungefähr soviel heißt wie: Ein Werk ist umso besser, je mehr Menschen es gut finden.

Wie allgemein bekannt ist, hat Max Weber diese Ethik als den Geist des Kapitalismus bezeichnet.

Und wir können konstatieren, dass diese Grundhaltung sich sowohl im viktorianischen England, welches das Zentrum des größten Weltreiches der Menschheitsgeschichte war, als auch im US-Imperium unserer Tage als ungeheuer erfolgreich erwiesen hat.

Neben den vielen Nachteilen, die diese Haltung und das daraus resultierende imperialistische Wirtschaftssystem für die Marktteilnehmer an der Peripherie hat, krankt sie an einem inneren Widerspruch, der das Verhältnis zur Natur betrifft. Die Natur spielt in dieser Ethik einzig die Rolle des Rohstofflieferanten und wird somit zu einem wesentlichen Bestandteil der Warenwelt. Das heißt: Die Natur tritt ein in die Sphäre des Privatbesitzes mit der Folge, dass sie nicht mehr denjenigen angehört, die in ihr und von ihr leben, sondern demjenigen, der sie am effektivsten als Substrat der Tauschwertschöpfung nutzen kann.

So beginnt die US-amerikanische Geschichte mit einem gigantischen Landraub. Die Heiligkeit der indianischen Jagdgründe wurde mit dem Mord an ihren ursprünglichen Besitzern ausgelöscht und das Land den weißen Siedlern als Privatbesitz übergeben. In einer zweiten Phase der Staatsgründung, als die Arbeitskraft selbst zur Mangelware wurde, importierte der weiße Mann afrikanische

Menschenkörper wie einen Rohstoff und verkaufte ihn an die weißen Farmer.

Dass der freie Markt eine totalitäre Tendenz zur Privatisierung allgemeiner Güter hat, kann man in unseren Tagen besonders deutlich an der Vermarktung des Trinkwassers sehen. Heute werden auf dem Trinkwassersektor von der Privatwirtschaft pro Jahr über 100 Milliarden Dollar Umsatz gemacht. Die größten Konzerne auf dem Markt sind die beiden französischen Firmen *Suez* und *Vivendi* und an dritter Stelle kommt die deutsche *RWE*. Auch *Nestlé* und *CocaCola* mischen kräftig mit auf diesem Markt, der von vielen Börsianern als der Markt mit der größten Wachstumsrate angesehen wird. Vielleicht müssen wir demnächst Geld ausgeben für die Luft, die wir atmen.

Im Zentrum des Kapitalismus hat sich inzwischen die Macht dermaßen konzentriert, dass er Zugriff auf fast jede Ressource der Welt erhält. Mit Organhandel, Herstellung von hybriden Körpern, oder der Patentierung von Genen hat der »freie« Markt inzwischen auf die intimsten Quellen einer kaum noch vorhandenen Heiligkeit übergegriffen und kein Land der Welt kann sich dem Sog dieser Macht mehr entziehen.

Die Instrumente, mit denen ein Zugriff auf lokale Märkte und Ressourcen fast immer erzwungen werden kann, sind gar nicht so häufig militärischer Art. Meistens genügt die Macht der Ökonomen in der Weltbank, im IWF, bei der WTO, oder im GATT.

Seit dem Fall des eisernen Vorhangs hat der Kapitalismus unübersehbar totalitäre Züge angenommen. Zugestandenermaßen liegt diese Entwicklung nicht nur an Köpfen wie Bush oder Sharon, oder Berlusconi, sondern auch an der fehlenden Antithese zu der Dreifaltigkeit: eine Welt, ein Markt, eine Supermacht. George W. Bushs Doktrin: »Wer nicht bei uns mitmacht, ist unser Feind« wurde zwar im Zusammenhang einer scheinbar begrenzten und scheinbar begrenzbaren Aktion – dem internationalen Feldzug gegen den Terror – geäußert, trifft aber schon seit Jahren auf die Weltökonomie zu.«

Ich entgegne, die Universalismusthese sei so alt wie der Begriff »Kapitalismus« selbst, außerdem sei das Unrecht in der Welt nicht spezifisch kapitalistisch. Zu allen Zeiten habe der Mächtige sich selbst das Recht gegeben, seine Macht zu behaupten und auszudehnen und dazu war immer jedes Mittel recht. Aber was ich dir wirklich vorwerfe, ist, dass dir nach deiner langen Vorrede nichts Besseres einzufallen scheint, als den Anschlag vom 11. September mit dem Unrecht zu verrechnen, das von den USA, bzw. deren Vorläufern, im Verlauf ihrer Geschichte verübt worden ist.

Das letzte bringt meinen Freund aus der Fassung.

»Völlig verkehrt!« sagt er. »Nichts liegt mir ferner, als in Attas Tat eine Vergeltung für ein begangenes Unrecht zu sehen. Ich halte es auch nicht mit bin Ladens eigener Interpretation, die Landung der Flugzeuge am 11. September in New York und Washington hätten den Sinn gehabt, gegen die Politik der USA im Nahen Osten zu demonstrieren.«

Du weißt es also besser als der Drahtzieher selbst?

»Ja, warum denn nicht? Weiß denn ein Priester, was er

tut? Braucht man nicht Theologen, um die priesterlichen Handlungen zu interpretieren?«

Bin Laden also ein Priester, Atta sein Messdiener und du der Theologe?, frage ich. In diese Richtung willst du also die Sache biegen? Offenbar ist es ihm nicht unrecht, dass ich mich aufrege.

»Lass uns ruhig bei den klerikalen Begriffen bleiben«, sagt er ungerührt. »Wir haben gesehen, dass die Verdinglichung der Natur, der menschlichen und der nicht-menschlichen in der ›Natur‹ der kapitalistischen Ethik liegt, sodass, wenn alles profanisiert ist, nur ein fanum, nur ein Heiligtum, übrigbleibt: die Produktivität. Was aber ist das sichtbare Zeichen dieser unsichtbaren Entität? Das Geld. Seit dem Fall des eisernen Vorhangs und dem Wegfall der letzten Antithese zu den Verheißungen einer kapitalistischen Weltordnung haben wir es deshalb konsequenterweise mit einer Theologisierung des Weltmarktes zu tun. Die unerhörten Gewinne, die in der Mitte der Neunzigerjahre über Nacht an der Börse gemacht werden konnten, hatten den Charakter von Gnadenerweisen des Marktes an diejenigen, die sich ihm mit Haut und Haaren verschrieben hatten. (›Den Seinen gibt der Herr im Schlaf.‹) Aber genauso, wie einer reich werden konnte, war es auch möglich, dass ungeheuere Summen plötzlich nicht mehr da waren. (Stichworte: Asienkrise, Abwertung des englischen Pfund). Auch dies hatte den Charakter göttlicher Willkür. (›Gott hats gegeben, Gott hats genommen.‹) Mit der Theologisierung des Marktes ging aber auch die Theologisierung seiner Gegner einher. Es sind keine Sozialrevolutionäre mehr, die, wie noch in den Achtzigerjahren, den Habitus der Systemgegnerschaft vorbilden, sondern Gotteskrieger. Folgerichtig hat Bush die Vergeltungskampagne gegen die Terroristen vom 11. September wie einen Kreuzzug inszeniert. Auch das Volk (vulgo: der Verbraucher) hat schnell reagiert, und den vereinsamten Priestern des Christentums ward für wenige Tage die Freude gemacht, ihre leeren Gotteshäuser gefüllt zu sehen. Zumindest im ersten Moment des Schreckens lag es für viele nahe, hier keinen ›normalen‹ Terroranschlag, sondern den Beginn einer bis in die Abgründe der eigenen Existenz gehenden Auseinandersetzung zu sehen.

Leider hat der Tiefsinn nicht lange angehalten und ist der Verfolgung der spannend-unterhaltsamen Kriegsberichterstattung gewichen mit ihren aus der Sportreportage hergebrachten Schemata.«

Dir wäre es wohl lieber gewesen, man hätte den blutigen Terrorakt als einen Vorboten des jüngsten Gerichts gesehen und hätte die Schuldigen zu Märtyrern und Propheten ernannt.

»Ich glaube, das Jüngste Gericht wird keine Vorboten senden. Es wird über uns kommen und wir werden überrascht davon sein wie die Bewohner von Atlantis. Es wäre mir recht gewesen, wenn der vordergründig allenthalben siegreiche Kapitalismus in eine selbstkritische Phase eingetreten wäre, zumal die ›Fleischkrise‹, die ja nur wenige Wochen zurücklag – vielleicht erinnerst du dich ja noch an die Abkürzungen BSE und MKS – auch die selbstzufriedensten Zeitgenossen bereits ein wenig verunsichert hatte. Im Übrigen haben hochrangige US-amerikanische Bio-Waffen-

Experten damals schon vermutet, dass die im letzten Jahr in England ausgebrochene Maul-und-Klauen-Seuche das Werk von Terroristen war.

Jedenfalls halte ich es nicht für verkehrt, bei den theologischen Begriffen zu bleiben. Es ist ja ganz klar, dass es das Heilige nur gibt, wenn es auch Unheiliges gibt. Dass wir zwischen Heiligem und Unheiligem nicht unterscheiden können, daran haben wir uns gewöhnt. Aber lass uns doch diese fundamentale Dichotomie auch auf das scheinbar Profane anwenden, lass uns also sagen, dass es die Ware nur gibt, wenn es auch Verbraucher gibt.

Ich sage, wir sind eingetreten in die Phase des Kapitalismus, wo die Unterscheidung zwischen Ware und Verbraucher nicht mehr klar zu ziehen ist. Wenn z.B. Trinkwasser zur Ware geworden ist, dann muss es einen bedenklich stimmen, dass jeder Verbraucher zu sechzig Prozent aus Trinkwasser besteht. Hat aber jeder auch bezahlt? Oder laufen womöglich gigantische Mengen schwarzen Wassers als Verbraucher getarnt in der Gegend herum? Auch deine Herkunft ist problematisch. Bist du dir sicher, dass dein Vater die Spermien selber hatte, mit denen er deine Mutter schwängerte, oder hat er sie womöglich geklaut?

Komm mir nicht mit dem Argument, der Mensch sei ausgesondert aus dem Kalkül, denn das trifft keineswegs zu.

Es gibt ein völlig unproblematisches Verfahren, mit dem der Wert eines Lebens auf dem globalen Warenmarkt festgestellt werden kann:

$$\text{Lebenswert} = \frac{\text{Bruttosozialprodukt}}{\text{Bevölkerungsanzahl} \cdot \text{Lebenserwartung}}$$

Erläuterung: Wenn die Verhältnisse ein Menschenleben lang so bleiben wie im Jahr 2000 (das ist das Referenzjahr für die Berechnungen, die ich anstellen werde), dann sagt der Lebenswertindex aus, mit wieviel Dollar ein Mensch an der Weltwirtschaft beteiligt war; oder anders ausgedrückt: So viele Dollar wird ein Mensch aus diesem Land zu seinen Lebzeiten auf dem Weltmarkt umgesetzt haben. Am besten, wir stellen eine Tabelle auf, dann wird die Sache anschaulich:

Menschenart	**Wert**
Mensch aus Sierra Leone	*4.736 $*
US-Amerikaner	*2.702.328 $*
Schweizer	*2.670.000 $*
Mensch aus Tansania	*12.017 $*
Mensch aus Ruanda	*10.376 $*
Deutscher	*1.751.796 $*
Franzose	*1.725.258 $*

(Die Daten beziehen sich auf Veröffentlichungen der Weltbank, Stand: Oktober 2001)

Der Wert einer solchen Tabelle ist vielfältig und offensichtlich.

Etwa könnte sie der internationalen Gemeinschaft bei der Entscheidung helfen, wann ein Kriegseinsatz angebracht ist.

Ich will ein Beispiel geben: In den letzten Tagen ist man öfter mal der Frage nachgegangen, warum der 11. September zahlreiche Armeen auf den Plan rief, um gegen Afghanistan zu ziehen, das Blutbad an den Tutsi (wir erinnern uns: im Frühjahr/Sommer 1994 wurden in Ruanda ca. 800.000 Menschen ermordet) hingegen 100 Tage lang ohne Intervention westlicher Truppen vonstatten gehen konnte.

Nun wollen wir diese Tabelle zu Rate ziehen. Wir multiplizieren die Zahl der Opfer mit ihrem Lebenswert und vergleichen dann den Wert, der sich für den Genozid an den Tutsi ergibt, mit dem des Anschlags am 11. September 2001.

Ein Mensch aus Ruanda hat in der obigen Tabelle den Wert 10.376. Aus der Rechnung:

800.000 · 10.376 ergibt sich, dass der Völkermord in Ruanda 8.300.800.000 $ schwer ist.

Ein US-Amerikaner hat in der obigen Tabelle den Wert 2.702.328. Aus der Rechnung:

5.000 · 2.702.328 ergibt sich für den Bruttoumsatz des Terrorangriff auf das World-Trade-Center 13.511.640.000 $. Das ruandische Massaker hat somit nur ca. 61% des Gewichts vom Anschlag des 11. September.

Ich weiß natürlich nicht, ob die Entscheider in den Hauptstädten des kapitalistischen Imperiums eine solche Tabelle benutzen, aber für uns einfache Menschen macht sie das Verhalten unserer Armeen möglicherweise verständlicher.

Was ich jedoch bei allen Kommentaren rund um den 11. September am wenigsten verstanden habe: dass man der Al Quaida übel genommen hat, Börsengewinne aus dem Anschlag zu ziehen. Dabei wissen wir doch, dass der Markt ohne Moral auskommt und dass der darin erzeugte Wert früher oder später allen Teilnehmern zu Gute kommt.«

Ich muss zugeben, dass ich bei dieser Art der Argumentation doch etwas sprachlos bin, und deshalb nur noch frage, was eigentlich die Quintessenz wäre, von dem vielen, das er auf mich abgelassen hat. Das läge doch nun endlich auf der Hand, sagt er. Entweder man müsse den Dollar abwerten und damit die 5000 Opfer von *NineEleven* auf afrikanisches Niveau drücken, was wahrscheinlich die billigste Lösung wäre, oder aber auf dem Wert des Dollar bestehen, sodass man es bei dem Afghanistan-Feldzug bereits mit dem Weltbürgerkrieg zu tun habe.

ANDREAS DURY

- Geboren 1961.
- Lebt als Autor in Saarbrücken.
- Schreibt Romane und Erzählungen.
- 1999: Georg-K.- Glaser-Preis, 2003: Martha-Saalfeld- Preis und Buch des Jahres Rheinland-Pfalz, 2005: Sonderpreis beim Sketch- und Geschichtenwettbewerb Dillingen a.d. Donau, 2010: nominiert zum Pfalzpreis für Literatur für *Oh Tapirtier*.
- Buchveröffentlichungen unter anderen: *„... als ich in die Stadt kam", Erzählungen.* Plöger, 1999, *Schachtelkäfer, Roman.* Saarbrücken: Saarl. Künstlerhaus, 2003. *Oh Tapirtier, Roman.* Saarbrücken: Conte, 2010.
- *Attas Gesicht* erschien zuerst in *Streckenlaeufer, Zeitschrift für Politik & Cultur, Nr. 18.* Saarbrücken: PoCul, 2002.

Iris Hanika

Mai 2003. Ground Zero, heilige Erde

Denn Gott ist ein Feuer das verzehret frisset und eifert, das ist er bringet euch um wie das Feuer ein Haus verzehrt, zu Aschen und Staub macht.

Martin Luther
(Predigt über 2. Mose 20)

I

In New York ist die Null zur bestimmenden Zahl geworden. Natürlich geht es sowieso viel um Zahlen in New York, dem größten Börsenplatz der Erde, um große und kleine, schwarze und rote. Ohne die Null aber wären die anderen Zahlen bloß ein Haufen Geröll und das Rechnen mit ihnen eine zähe Angelegenheit. Erst die Null, dieses elegante Nichts, macht sie geschmeidig.

Zwei die Stadt prägende Dinge sind jetzt in New York mit der Null verbunden: Das eine ist das »Zero Tolerance« genannte Programm, mit dem Bürgermeister Rudolph Giuliani Manhattan in den neunziger Jahren zu der sauberen, komplett gentrifizierten Stadt werden ließ, die es heute ist. Die Obdachlosen, die Ende der achtziger Jahre das Stadtbild prägten, sind heute so wenige, daß sie nicht mehr buchstäblich auf der Straße liegen müssen wie damals; vielmehr reichen die vorhandenen Bänke jetzt aus, und für den Rest der Bevölkerung bleiben immer noch genug übrig, um weilchenweise darauf zu sitzen. In Alphabet City, wovor man früher streng gewarnt wurde, wollte man nicht sofort ausgeraubt oder erschossen werden, sieht es heute aus wie im Prenzlauer Berg in Berlin: Es gibt endlos viele prima Lokale für junge Leute, es blühen üppige Gärten, wo einmal Brachen waren, während auf dem Straßenmarkt Biogemüse und Vollkornbrot verkauft werden. Und über dieses schöne, friedliche, reiche New York kamen am 11. September 2001 die Assasinen und schufen die andere Null, die heute für New York steht, Ground Zero.

»Ground Zero« ist ein militärischer Fachausdruck, mit dem bei Bombenabwürfen die Einschlagstelle bezeichnet wird. Es ist der Nullpunkt der Zerstörung, der Ort, an dem die Gewalt sich am reinsten manifestierte. Heute bezeichnet es auch den Nullpunkt einer amerikanischen Politik, die der Rest der Welt viel genauer beobachtet als zuvor, weil jene, auf diesen einzuwirken, jetzt viel bereiter ist, als sie es war, bevor es Ground Zero gab.

II

Das Heilige und der Schrecken gehören zusammen, denn zur Abwehr des Schreckens werden Dinge heilig, und aus den heiligen Dingen werden Religionen. Indes haben die großen Religionen, die den Lauf der Welt auf ungeahnte

Weise heute immer noch bestimmen, alle schon eine sehr lange Geschichte, und dem, was ihnen heilig ist, wohnt kein Schrecken mehr inne. Auch sind sie bis in die letzten Facetten ausgearbeitet. Sie haben jahrtausendealte Verwaltungsstrukturen und in ihrer je eigenen Theologie eine ausdifferenzierte Wissenschaft des Glaubens. Und es bekennen sich zu ihnen jeweils viele Millionen, von denen die meisten sich ihnen kaum mehr als nominell zugehörig fühlen, weswegen sie ihre Synagoge, Kirche, Moschee auch nur zu den hohen Feiertagen aufsuchen.

Doch es gibt auch ein Bedürfnis nach lebendiger Religion. Darum pflegen die einen ihre hergebrachte Religion auf ekstatische Weise, während die anderen sich hergebrachten Religionen ferner Erdteile zuwenden, sich im Westen zum Buddhismus und im Osten zum Christentum bekehren. Noch viel mehr aber entscheiden sich nicht bewußt für eine Religion. Trotzdem gibt es Dinge, die sie wie heilige betrachten. Sie sind auf eine säkulare Wiese religiös, und als heilige Orte bieten sich ihnen solche unabweisbaren Schreckens an; nur muß dieser Schrecken zum einen schon vergangen und zum anderen menschengemacht sein. Die Phänomene der Natur nämlich eignen sich nicht mehr zur heiligmäßigen Verehrung, weil sie gründlich erforscht sind und, wo nicht, keinen Schrecken mehr erregen, sondern Neugier.

Ein solcher Ort, ein Ort größtmöglichen, aber komplett vergangenen Schreckens ist zum Beispiel Auschwitz. Das ist ein Ort, der einem bei der bewußten Annäherung die Luft zum Atmen abdrückt, von dem man sich dann aber, ist man erst einmal angekommen, gar nicht mehr entfernen möchte – weswegen die Bettenzahl der Häuser mit geistlicher Betreuung um das Staatliche Museum Auschwitz herum jährlich größer wird.

Ground Zero hat dieselbe Voraussetzung für diese Art von Heiligkeit. Auch dieser Ort ist das Ergebnis eines qualitativ wie quantitativ über die Maßen großen Schreckens. Seine Heiligkeit spürt nicht allein, wer sich ihm bewußt nähert, sondern auch wer unvermutet dort hinkommt, wird von etwas wie Erhabenheit erfaßt. Immerhin ist dieses Loch in der Erde riesig. Es ist mindestens so groß wie, dabei aber viel tiefer als das Loch, aus dem heraus in Berlin am Potsdamer Platz dem märkischen Sand ein komplett neues Hochhausviertel aufgepfropft wurde.

III

Im World Trade Center starben am 11. September 2001 knapp dreitausend Menschen, die dort nichts anderes tun wollten, als sich ihr Brot zu verdienen, und daß es durch dieses große Sterben ein heiliger Ort geworden ist, scheint für Amerikaner ganz selbstverständlich zu sein. Wie selbstverständlich, ist zum Beispiel der »New York Times« zu entnehmen, in der ein Artikel, der von einer Ausstellung über die Entstehung des Central Parks berichtet, mit »Politics and Sacred Ground, 1853. Birth of Central Park Holds Parallels With Ground Zero« überschrieben ist[1], obwohl in

1 NYT, 15. Mai 2003.

dem Artikel selbst überhaupt nichts von heiliger Erde steht und auch nicht erklärt wird, wie es zu dieser Überschrift kommt.

Ein Blick ins Internet bekräftigt diesen Eindruck von Selbstverständlichkeit. Die Suche nach »Ground Zero« plus »sacred ground« ergibt 3.830 Treffer.[2] (Bei dieser Suche muß man allerdings Karen Aqua ausschließen, die 1997 einen Videofilm mit dem Titel »Ground Zero/Sacred Ground« gedreht hat, in dem es um eine mit Felsenkunst markierte heilige Stätte der indianischen Ureinwohner geht, die sechsundfünfzig Kilometer von dem Ort entfernt liegt, an dem im südlichen Neu-Mexiko die erste Atombombe gezündet wurde.) Die Suche nach »Ground Zero« plus »hallowed ground« ergibt sogar 4.780 Treffer, »Ground Zero« plus »holy ground« 1.720, »Ground Zero« plus »holy site« 477 und »Ground Zero« plus »hallowed site« immerhin noch 49 Treffer. Natürlich sind diese vielen Treffer mit Vorsicht zu genießen – wer weiß, worum es auf den Websites, in denen jeweils beide Begriffe gemeinsam vorkommen, dann wirklich geht.

Allerdings findet sich bei dieser Suche auch eine deutliche Bestätigung durch Ablehnung: »The Bin Laden Memorial« steht über einem Aufsatz auf der Website TheRadicalCapitalist.com[3], in dem sich der Autor strikt gegen die Heilig-

---

2 Internet-Recherche vom Sommer 2003.

3 Die Web-Adresse von »The Radical Capitalist« hat sich geändert, sie lautet jetzt http://radcap.org. Der erwähnte Text ist nunmehr unter der Adresse http://www.danroentsch.com/TRC/2008/05/bin-laden-memorial.html zu finden.

sprechung ausspricht, die nach seiner Beobachtung allerorten im Gang ist, und nicht nur kein Denkmal an Ground Zero wünscht (weil dort dann keiner Geschäftstätigkeit mehr nachgegangen werden dürfte), sondern es auch scharf ablehnt, diesen Ort »heilig« zu nennen, was doch »die mittelalterliche Form der Verehrung des Gräberfelds« verlange.

IV

Was aber ist eigentlich »heilig«? – »Heilig« ist sowieso Ground Zero, denn »heilig« ist der Nullpunkt jeder Religion: »Alle bisher gegebenen Definitionen des Phänomens Religion weisen ein Gemeinsames auf: jede von ihnen setzt in irgendeiner Weise das *Heilige* und das religiöse Leben dem *Profanen* und dem weltlichen Leben entgegen.« Mit diesem Satz beginnt Mircea Eliade sein Grundlagenwerk »Die Religionen und das Heilige« und fährt sogleich fort: »Die Schwierigkeiten beginnen, wenn die Sphäre des Begriffs ›heilig‹ abgegrenzt werden soll.«[4]

Einen Begriff abzugrenzen, ist viel schwerer, als einen Ort genau zu bestimmen. Denn einen Ort kann man besuchen, um zu sehen, was da wirklich ist, man kann zu ihm hin und um ihn herum gehen, und zwar auch dann, wenn es einer

4 Mircea Eliade: Die Religionen und das Heilige. Elemente der Religionsgeschichte. [Traité d'histoire des religions. Paris: Payot 1949. Dt.] Aus dem Französischen von M. Rassem und I. Köck. – Frankfurt am Main: Insel 1998. S. 21. Hervorhebungen von Eliade.

ist, den ein großer Schrecken mit Heiligkeit aufgeladen hat. Ground Zero. Da gehen wir jetzt hin, zu Fuß.

V

Das World Trade Center stand im äußersten Süden der Insel Manhattan und dominierte die New Yorker Skyline. Es war mehr als doppelt so hoch wie die höchsten der Wolkenkratzer in seiner unmittelbaren Umgebung. Von der Freiheitsstatue aus nach Manhattan blickend, sah man die beiden Türme weit herausragen aus der ungeheuren Masse dieser Stadt.

Jetzt ist es fort. Wenn man nun von Süden nach Norden läuft, vom Battery Park an der Südspitze der Insel nach Norden in die Stadt hinein, öffnet sich, man ist noch nicht sehr weit gekommen, plötzlich der Blick, wenn man die Straße hinaufschaut. Da ist, wo sonst überall hohe bis sehr hohe Gebäude stehen, plötzlich bloß der Himmel und sonst nichts. An dieser Stelle wird das Sehen, das sich an die Bebauungsart und -dichte gewöhnt hatte, gestört. Das ist die Stelle, wo das World Trade Center fehlt. Dort ist ein Loch im Himmel. Und darunter liegt Ground Zero.

Sonst weist nichts darauf hin, welchem Ort man sich hier nähert. Es gibt keinen Wegweiser, keine Ankündigung des Schreckens, keine Ermahnung, sich auf etwas gefaßt zu machen, nur das Loch im Himmel. Das ist etwas Ungeheuerliches, ein Loch im Himmel, und lädt alles mit Bedeutung auf: Die Straße, auf der man sich diesem Ort nähert, heißt Greenwich Street, also nach dem Ort, durch den nicht der metaphorische, sondern der tatsächliche Nullmeridian verläuft und nach deren Zeit die Welt ihre Uhren stellt. Bildlichkeit und Wirklichkeit fallen hier zusammen, darum geht man nun entlang des Nullmeridians zu dem Ort, dessen Entstehung bewirkte, daß die Welt ihre Uhren neu gestellt hat.

Greenwich Street ist fast eine Sackgasse, sie endet am Maschendrahtzaun einer Baustelle. Nach rechts geht eine kleine Straße weg, und links ragt, in einen schwarzen Schleier gehüllt, ein streng rechtwinkliges Haus weit empor. Davor steht ein aus orangefarbenen und weißen Plastikrohren zusammengesteckter kleiner Schlot, vielleicht zweieinhalb Meter hoch, aus dem es weiß herausdampft. Reiner Wasserdampf ist das, warm und feucht, der Wind bläst ihn einem manchmal ins Gesicht. Unablässig kommt Wasserdampf aus diesem kleinen Schlot, und natürlich sieht man in New York auch an anderen Baustellen solche aus orangefarbenen und weißen Plastikrohren zusammengesteckten kleinen Schlote, aus denen es dampft, nur ragt an anderen Baustellen hinter dem Dampf kein schwarzverhangener Monolith in die Höhe, und Ground Zero ist nicht gleich nebenan, so daß man nicht so leicht auf den Gedanken kommt, hier wehe der Rauch des Opferfeuers aus dem Tempel in den Himmel.

Im Maschendrahtzaun, der die Straße abzuschließen scheint, hängt ein großes Schild, auf dem, in wechselnder Schriftgröße, steht:

As of Tuesday, August 20th, 2002
This site entrance, on Greenwich Street, for the
Rehabilitation of Engine Co. 10 / Ladder Co. 10
Located at 124 Liberty Street, New York, NY 10006
Is DEDICATED AS THE
NEUTRAL SITE ENTRANCE,
FOR ALL trade contractors,
their subcontractors, vendors,
suppliers, the owner, owner's representatives etc., etc.
This Gate is strictly off limits to
Interphase Electrical Corp.,
Their subcontractors, vendors, suppliers etc., etc.
until further notice.

Es ist schon klar, daß es hier um baustelleninterne Dinge geht, aber welch feierliche Eingangsformel, die den Wochentag noch nennt, an dem die über diesen Ort getroffene Verfügung in Kraft trat! Und »Baustelle« heißt eigentlich »building site«. Die Verkürzung zur »Stelle«, zum »Ort« in Verbindung mit der Widmung dieses Eingangs als neutralem Eingang in Versalschrift, die durch den nichtversalen Auftakt noch betont wird: »Is DEDICATED«, dazu die barock anmutende, detaillierte Auflistung all derer, die zum Benutzen dieses Eingangs berechtigt sind, sowie derjenigen, denen es strikt verboten ist – all dies gibt der banalen Angelegenheit etwas Weihevolles, macht es bedeutend. Am Dienstag, dem 20. August 2002, hat dieser Eingang die Weihe zum neutralen Eingang empfangen.

Rechts an der Ecke, vor dem Schild, gegenüber dem Opferschlot, ist eine Art Café, eine Salat-, Belegte-Brote-,

Saft- und Kaffee-Bar, vor deren Tür zwei hohe Tischchen nebst hochbeinigen Stühlen stehen. Der Mann, der drinnen den Kaffee verkauft, trägt eine schwarze Schürze und eine schwaze Baseballkappe. Diese Kleidung gehört zur Corporate Identity seines Unternehmens, dessen Name auf der Schürze steht, die Farbe will eigentlich nichs heißen. Doch sieht das mexikanische Gesicht des Mannes so traurig aus, daß es den Kaffeebecherkauf zu einem feierlichen Vorgang macht. Wenn Touristen verloren an dieser Ecke stehen, an der es nicht weitergeht, fragen sie ihn, weil sonst keiner da ist, seines ist das einzige Geschäft hier, ob das Ground Zero sei, und dann nickt er ernst. Und wenn sie fragen, wie man dort hinkommt, weist er stumm auf die Baustellenumzäunung, auf den sehr schmalen Weg, der zwischen dem Maschendraht durch die Baustelle hindurchführt, ein Pfad, der nicht gleich als öffentlich begehbarer zu erkennen ist.

VI

Da muß man nun hindurchgehen, durch diesen Drahtverhau, und dann steht man an dem Loch in der Erde, das dem im Himmel korrespondiert. Es ist wirklich sehr groß, und es ist auch sehr tief, und es ist umgeben von einem sehr hohen, sehr stabilen Zaun. Der ist ungefähr so hoch wie die Berliner Mauer war und besteht aus aufgestellten Gittern. Oben stehen in kurzen Abständen Stangen hervor, an denen Lampen befestigt sind für die Nacht. Auch an diesem Zaun hängt ein Schild, ein sehr schlichtes: »The regulations of the Port Authority of New York and New Jersey for this location PROHIBIT«, es folgt eine Liste. Man darf hier nichts verkaufen, nichts wegwerfen, nichts anbringen, nichts verteilen, nicht auf den Zaun steigen, nichts kaputtmachen. Direkt daneben hat jemand eine paar rote Nelken am Zaun befestigt.

Blickt man über das Loch hinüber, sieht man eine ockerfarbene Steinmasse, die sich in mehreren Stufen zu einer Aztekenpyramide auftürmt. Das ist das Gebäude der New York Telephone Company von 1926. Von allen Seiten der Fassade hängen orangefarbene Arbeitsbühnen herunter. Sie sind winzig vor diesem riesenhaften, an die Machtdemonstration einer untergegangenen Zivilisation erinnernden Gebäude und werden emsig hinauf- und heruntergezogen. Wenn man genau hinschaut, sieht man die Löcher in der Fassade. Der Ameisenstaat repariert seinen Bau.

Das schwarzverhangene Gebäude, das der Deutschen Bank gehört, die sich mit ihren Versicherungen darüber streitet, ob es abgerissen oder renoviert werden soll, hat man im Rücken, wenn man das Loch vor sich hat. Durch eine graugestrichene glatte Holzwand ist es abgegrenzt, an der Holzwand ist ein breites Dach angebracht, das ergibt eine Art Kreuzgang. Man kann hier auch bei Regen sein. Die Holzwand aber ist über und über beschriftet: Wer hier war, hat es dokumentiert, und nicht wenige haben etwas mitgebracht, um es zu hinterlassen, eine große Papierblumengirlande, eine einzelne Rose, ein Blatt Papier, auf dem ihre Mitteilungen stehen, und eine ganze dritte Schulklasse aus Missouri hat ihre Bilder an diese Wand geklebt.

Wenn man sich nach links wendet, kommt man zu Tor 7, und dahinter befindet sich, für die Allgemeinheit nicht zugänglich, eine Andachtsstätte. An der Wand einer graugestrichenen Holzhütte steht »Thank You America« in rot, weiß, blau, und weiter, nun einfarbig: »For Your Prayers and Support For / All These Lost and Their Families / From the Port Authority NY & NJ Police«. Darunter sind diverse große Dienstsiegel angebracht, und auf einem zweistufigen Podest liegt ein Blumenkranz, der von Fähnchen, Tellern, Kruzifixen und Feuerwehrplaketten umgeben ist. Am Fahnenmast daneben weht die amerikanische Flagge und darunter eine Fahne, auf der das World Trade Center von der amerikanischen Flagge umgürtet ist.

Diese Passage entlang der Liberty Street, auf der früh und abends die Bauarbeiter zum ständig bewachten Baustelleneingang gehen, hinter dem sie für die Sicherheitskontrolle in einer langen Schlange anstehen, diese Passage ist die eine der zwei zugänglichen Seiten von Ground Zero. Die quasi offizielle Besichtigungsseite erreicht man, wenn man sich nach rechs wendet, wo man zur Church Street gelangt. Dort ist der Gehsteig besonders breit, dort hängen Hinweisschilder am Zaun, zweimal sechs große schwarze Tafeln nebeneinander, auf denen in weißer Schrift und nicht sehr groß (es sind so viele) die Namen all derer stehen, die hier den Tod fanden, und zweimal steht über den Namen der Toten: »The Heroes of September 11th, 2001«.

Die Helden des 11. September 2001. Ein Held wäre nach

dieser Logik jeder, der nicht seinetwegen, sondern im Zusammenhang mit der Weltgeschichte stirbt, den Zeugentod sozusagen, auch wenn er das gar nicht wollte. Ein Held wäre vor allem jemand, der tot ist. Also ein Märtyrer. In diesem Fall ein Märtyrer Amerikas.

Hinter dem Zaun weht groß die amerikanische Flagge und steht ein großes Kreuz aus Stahlträgern, über dessen einem Arm etwas hängt, das wie ein Stück Stoff aussieht. Vor diesem Zaun und diesen Schildern und diesem Kreuz und der Fahne steht Harry Roland und erklärt, daß dieses Kreuz von selbst entstanden sei. Die Stahlträger hätten zum Fundament des World Trade Centers gehört, und was da herunterhänge, sei ein Stück seiner Außenhaut, das ohne jedes menschliche Zutun in genau dieser Form über diesen einen Arm des Kreuzes geschmolzen sei, als das Haus brannte. Im Schutt habe man dieses Kreuz gefunden. Nun ragt es aus dem Schutt empor und wird nachts angestrahlt. Wenn gerade keiner mit ihm redet, ruft Harry Roland: »It's history, don't let it be a mistery.«

Harry Roland war Touristenführer im World Trade Center, und daß er noch lebt, liegt daran, daß sein Sohn am 11. September 2001 in die Schule kam und er sich darum den Vormittag freigenommen hatte. Jetzt wehrt er den Schrecken, daß er dem Tod so nahe gekommen ist, jeden Tag aufs neue dadurch ab, daß er hierher kommt und in einem fort dassselbe sagt, nämlich: »nine buildings came down … know what you're looking at … it's history. Don't let it be a mistery.« Dazu verteilt er fotokopierte Stadtpläne (»it's free, it's free, it's free«), auf denen er die neun Bauwerke, die es jetzt nicht mehr gibt, mit Zickzacklinien umrahmt hat; außerdem hat er zwei Fotos der Skyline, davor und danach, auf den Plan kopiert.

Wenn sich ihm jemand zuwendet, tut er dasselbe wie früher, er fängt an, alle Zahlen und Daten über das World Trade Center herunterzuspulen, wie hoch es war, wie viele Gebäude es umfaßte, wieviel umbauten Raum, wie viele Menschen hier gearbeitet haben, wie viele Bahnlinien sich im Untergrund kreuzten und so weiter. Er weiß das alles im Schlaf, denn es war sein Beruf. Jetzt, wo er auch noch die Zahlen und Daten der Zerstörung wie des Wiederaufbaus hinzufügen muß, ist es seine Berufung. Jetzt ist er der Wächter dieses Ortes und sein Priester; der Priester einer Religion, die noch nicht in ein festes Regelwerk gegossen ist.

Die hergekommene Religion hat ihren Ort schräg gegenüber, in der im Jahr 1766 fertiggestellten St. Paul's Chapel, »the oldest public building in continuous use on the island of Manhattan, and the only remaining colonial church«, wie ein kleiner Prospekt erläutert. St. Paul's Chapel liegt zwar gleich gegenüber, wendet Ground Zero aber den Rücken zu, ihren Friedhof. Der Eingang zur Kirche ist auf der anderen Seite des Blocks, eine Straße weiter.

Dort ist die ganze Vorderseite der Kirche mit einem riesengroßen Poster verhängt, auf das ein Foto gedruckt ist, auf dem der Kirchturm zu wanken scheint, denn er ragt schräg aus einer gigantischen Staubwolke heraus. Darüber steht »St. Paul's Chapel. Out Of the Dust«. Das ist der Titel der Ausstellung, die in der Kirche gezeigt wird, »aus dem Staub erstanden«.

Die Ausstellung trägt den Untertitel »A Year of Ministry at Ground Zero« – »ministry« bedeutet hier »geistliches Amt« – und dokumentiert, wie die Kirche die vielen freiwilligen Helfer, die sich in irgendeiner Weise beim Schuttwegräumen nützlich machten, betreute. In dieser Zeit war St. Paul's Chapel weniger ein Ort geistlichen Zuspruchs, sondern mehr einer, an dem man sich erholen konnte und zu essen bekam. Die Kirche versah ihr geistliches Amt in diesem Fall durch die Befriedigung der praktischen Bedürfnisse der Menschen.

Auf einem Altar gleich neben dem Eingang sind Fotos von Personen ausgestellt, die am 11. September ums Leben kamen. Diese Fotos sind nicht einheitlich präsentiert, sondern in der Form, wie die Angehörigen sie brachten. Auch der Farbdruck einer Ikone ist dort zu sehen und ein aus Kettengliedern geschmiedetes Kreuz. Am Ende des Kirchenschiffs ist ein Priestermantel in vollem Ground-Zero-Ornat aufgestellt, er ist über und über besteckt mit den Abzeichen der verschiedensten Feuerwehren des Landes. Von der Galerie hängen große handgemachte Teppiche in den Kirchenraum herunter, die nicht nur den Frieden beschwören oder die amerikanische Flagge, die hier aus vielen winzigen Stoffstücken zusammengestickt ist, sondern auch Mut und Freundschaft: »To New York City and all the rescuers: Keep your spirits up... Oklahoma loves you!!«

Die einzelnen Stationen der Ausstellung zeigen, wie die Arbeit in der Kirche organisiert war: vom »Greeting Table«, an dem sich die Freiwilligen einschrieben, über die Erste Hilfe, eine Küche, einen Ruheraum bis zur physiotherapeutischen

Betreuung und Massage. An jeder Station wird der jeweilige Aspekt dieser Organisation auf einer großen Tafel erläutert, und auf den Tischen darunter liegen jeweils viele kleine Alltagsgegenstände: Lutscher, Heftpflaster, Handcreme, Handschuhe, Staubmasken, ein Aluminiumtopf, solche Dinge.

Durch den Raum und durch die vielen Schilder, die »Please do not touch« oder auch »Please do not touch the artifacts« fordern, wird diesen Dingen eine Bedeutung zugeschrieben, die man, sähe man sie in einem anderen Zusammenhang, zum Beispiel im nächsten Drogerie- oder Supermarkt, nicht erkennen könnte. Es sind außerordentlich banale Alltagsgegenstände, die hier auratisiert werden. Solches geschieht sonst nur in Ausstellungen zeitgenössischer Kunst, wo es manche Installationen gibt, zu denen durchaus auch solche Gegenstände gehören. Hier weisen sie, wie in der Kunst, über sich hinaus und sind mit einer anderen als der üblichen Bedeutung aufgeladen. Auch hier in St. Paul's Chapel dient das Heftpflaster nicht dem Abdecken einer Wunde, es soll vielmehr überhaupt nicht benutzt und nicht einmal angefaßt werden, denn es bedeutet etwas anderes. Es symbolisiert, zusammen mit den vielen anderen Alltagsgegenständen, etwas so Großes, daß es mit den größten Dingen nicht mehr darzustellen ist, sondern mit vielen kleinen Dingen nur anzudeuten.

An einer Hauswand neben Ground Zero steigt allerdings ein grotesk überdimensioniertes Herz in den amerikanischen Farben aus dem Häusermeer Manhattans empor und verkündet: »The human spirit is not measured by the size of the act, but by the size of the heart.«

Das Große. Die vielen freiwilligen Helfer kamen aus eigenem Antrieb aus allen Ecken und Enden der Vereinigten Staaten hierher, wobei sie nicht unbedingt über besondere Fähigkeiten verfügten, sondern zunächst nur über ein besonderes Bedürfnis zu helfen. Mit den allerkleinsten Mitteln haben sie dann mitgeholfen, etwas den tatsächlichen Ausmaßen nach tatsächlich sehr Großes zu leisten. Weil dieses Große aber mit dem Selbstverständnis des Landes zu tun hat und weil sie das auf dieselbe Weise getan haben, auf die ihre Vorfahren sich das Land aneigneten: hingehen, Ärmel hochkrempeln, schaffen – darum wuchs dieses Große am Ende auf numinose Größe an.

»This land is your land, this land is my land«, singt Woody Guthrie. Das bezieht sich aufs Ärmelhochkrempeln, und der Antrieb dazu kam auch aus dem Schrecken. Aus dem Schrecken nämlich, den ihre Heimatländer für die Einwanderer bedeuteten, weswegen aus ihrer letzten Hoffnung die Vorstellung wurde, dieses Land sei das gelobte, Gottes Land – »God's own country«.

An diesem Ort in New York schießt das alles zusammen, die Aufbauarbeit, die Hoffnung, der Schrecken, und darum ist die selbstverständlich angenommene Heiligkeit von Ground Zero nun, nachdem man den Ort abgeschritten hat, weniger auf säkularer Menschen Bedürfnis nach Religion zurückzuführen, das ist eine Erklärung für Europäer, sondern ist für Amerikaner tatsächlich unabweisbar. In der gemeinsamen Arbeit am gemeinsamen Land nämlich wird hier das, was Gott gehört, wiederhergestellt. So wird am politischen Selbstverständnis und am Glauben zugleich gearbeitet, und darum ist Ground Zero ein heiliger Ort. Allerdings nur für Amerikaner.

IRIS HANIKA

- Geboren 1962.
- Lebt in Berlin.
- War von 1999 bis 2002 feste Mitarbeiterin der »Berliner Seiten« der »Frankfurter Allgemeinen Zeitung«; von 2000 bis 2008 führte sie eine Chronik in der Zeitschrift »Merkur«.
- Homepage: www.iris-hanika.de
- 2006 Hans-Fallada-Preis der Stadt Neumünster; 2010 Literaturpreis der Europäischen Union und 2011 Preis der LiteraTour Nord für *Das Eigentliche*.
- Buchveröffentlichungen: *Katharina oder Die Existenzverpflichtung. Erzählung.* Berlin: Fannei & Walz, 1992. *Das Loch im Brot. Chronik.* Frankfurt: Suhrkamp, 2003. *Berlin im Licht. 24 Stunden Webcam.* Frankfurt: Suhrkamp, 2003. [Hg. zusammen mit Stefanie Flamm]. *Musik für Flughäfen. Kurze Texte.* Frankfurt: Suhrkamp, 2005. *Die Wette auf das Unbewußte oder Was Sie schon immer über Psychoanalyse wissen wollten.* Frankfurt: Suhrkamp, 2006. [Co-Autorin: Edith Seifert]. *Treffen sich zwei. Roman.* Graz: Droschl, 2008; *Das Eigentliche. Roman.* Graz: Droschl, 2010.
- *Ground Zero* ist ein Originalbeitrag. Auf Wunsch der Autorin in unreformierter Rechtschreibung.
- Foto: Barbara Klemm.

Marcus Imbsweiler

Die Achse des Bösen

Der dreizehnte April 2003, ein Sonntag, sieht Westeuropa unter starkem Hochdruckeinfluss. Von Osten strömt milde, sehr trockene Luft ein, die Temperatur steigt örtlich bis auf achtzehn Grad Celsius.

Die Ostküste der USA hingegen liegt unter einer geschlossenen Wolkendecke. In Washington D.C. greift man beim Verlassen des Hauses vorsorglich zum Regenschirm. Um 10.10 Uhr Ortszeit tritt ein angespannt, gleichwohl ernst und entschlossen wirkender Präsident George W. Bush vor die Abgesandten der Presse. Er verkündet die bevorstehende Einnahme der einstigen Saddam-Hochburg Tikrit und den damit verbundenen vollständigen Sieg der alliierten Streitkräfte über das Schurkenregime im Zweistromland. Der Präsident der Vereinigten Staaten von Amerika dankt Gott, der Armee und den Verbündeten für ihren Beistand. Feierlich ruht sein Blick auf den Medienvertretern.

Aber, fügt er hinzu, dies sei erst der Anfang gewesen, der Anfang eines langen Kampfes gegen den internationalen Terrorismus. Was habe man auf dem gemeinsamen Weg bisher zurückgelegt? Eine wichtige Etappe, mehr nicht. Dann stützt der Präsident beide Hände auf sein Rednerpult, zieht die Mundwinkel ein wenig nach unten, fixiert einen beliebigen Journalisten im Publikum und spricht jenen Satz, der für erhebliche Unruhe in Europa sorgen wird.

Er sagt: »Wir fordern ein Land der Weltgemeinschaft mit Nachdruck auf, dem Terrorismus abzuschwören, andernfalls werden wir zu entsprechenden Sanktionen greifen müssen. Dieses Land ...« Er macht eine Pause. Sagt: »Dieses Land ist das *Saarland.*«

Das Saarland. Die Presse notiert.

Anschließend wiederholt Mr. Bush seine Warnung vor der Achse des Bösen, jener Kette von Schurkenstaaten, die sich ständig neu formiere und daher keinesfalls auf Iran und Nordkorea, die bisher genannten Glieder, zu beschränken sei. Doch die erste Nachfrage der irritiert tuschelnden Pressevertreter gilt dem Satz zuvor. Ein Redakteur der Washington Post will wissen: ob Mr. President tatsächlich das *Saarland* gemeint habe, ein – seiner Kenntnis nach – eher unscheinbares Land mitten in Europa?

In der Tat, das habe er.

Welchen Grund es für die Annahme gebe, dieses Land hege terroristische Absichten, und ob der Administration Beweise hierfür vorlägen?

Der Präsident zieht die Brauen zusammen. Es gibt sie, sagt er, es gibt Beweise für Massenvernichtungswaffen in diesem Land. Unsere Geheimdienste haben sie seit Jahren zusammengetragen. Jede Menge Beweise. Außerdem steht dieses Land – er blickt kurz auf sein Skript – steht das Saarland in dringendem Verdacht, flüchtigen Terroristen Unterschlupf zu bieten. Irakischen Terroristen. Und, wie Sie alle wissen, meine Damen und Herren, dieses Land nennt sich Demokratie. Aber es ist keine Demokratie.

Ob das Saarland nun mit einer Strafaktion wie im Irak rechnen müsse?

Wir beobachten die Lage sehr genau, sagt der Präsident, und wir behalten uns alle erdenklichen Schritte vor. Das amerikanische Volk muss sich schützen, und es wird sich schützen.

Existierten bereits Pläne für einen Einmarsch? Wie ernst sei es dem Präsidenten mit dieser Drohung?

Es ist keine Drohung. Es ist eine Warnung.

Der Präsident schaut einige Sekunden lang ernst in die Runde, bevor er für aller Aufmerksamkeit dankt und die Pressekonferenz verlässt.

God bless America.

Weltweit rufen Bushs Worte besorgte Reaktionen und überstürzte Stellungnahmen hervor. Vertreter der EU und der UNO warnen die US-Regierung davor, die Achse des Bösen ohne Grund zu verlängern und neue Präventivschläge vorzubereiten. Deutschlands Außenminister Fischer telefoniert mehrfach mit seinem amerikanischen Amtskollegen Powell, der sich auffallend bedeckt hält, mit Bushs Sicherheitsberaterin Rice und mit verschiedenen europäischen Ministern. Der Brite Jack Straw äußert sein Bedauern über die Entwicklung. Er selbst habe gemeinsam mit Tony Blair bei Bush interveniert, leider vergeblich, und letztlich müsse man einräumen, dass gewisse Saarländer alles andere als Chorknaben und Unschuldslämmer seien. Bundeskanzler Schröder weist die Drohung des Weißen Hauses mit ungewöhnlich scharfen Worten zurück. Nach einer Krisensitzung seines Sicherheitsrates sagt er, wer die Integrität eines demokratischen Landes, eines Herzstücks des vereinten Europa, infrage stelle, verstoße nicht nur gegen das Völkerrecht, sondern gefährde die Stabilität eines ganzen Kontinents. Auf den kühlen Hinweis der US-Regierung, Präsident Bush habe keine Drohung ausgesprochen, lediglich eine Warnung, antwortet Schröder, auch die Warnung weise er kategorisch zurück.

In Washington gibt es derweil Klärungsbedarf. Condoleezza Rice, Sicherheitsberaterin des Präsidenten, stellt sich der Presse. Ob dieses Ding namens Saarland, fragt ein Mann der *New York Post*, ausgestattet mit einem Europaatlas aus den Dreißigerjahren, ob besagtes Land also ein echter Schurkenstaat sei, genau wie Nordkorea und der Iran?

Wir haben Erkenntnisse, sagt Rice, dass das Saarland seit Jahren über Massenvernichtungswaffen verfügt.

Welche? Wie viele?

Die Beweise sind eindeutig. Unumstößlich. Bitte haben Sie Verständnis dafür, dass wir keine Details bekanntgeben können. Unsere Verbündeten sind unterrichtet.

Welcher Art sind diese Massenvernichtungswaffen?

Kein Kommentar. Man möge entschuldigen.

Seit wann das Saarland in Verdacht stehe, zur Achse des Bösen zu gehören?

Wir haben nie erklärt, dass das Saarland zur Achse des Bösen gehört, entgegnet Rice. Wir haben lediglich Fakten aufgezählt, die uns Anlass zur Sorge geben. Und diese Fakten sind zum Teil schon lange, schon seit den Achtzigerjahren bekannt.

Aber wie könne ein Land von der Größe Hawaiis ein Anlass zur Sorge sein? Oder gar ein Sicherheitsrisiko für die USA?

Eine solche Frage, entgegnet Rice kalt, hätte ich nach dem Angriff vom 11. September nicht erwartet. Wenn ein Land Massenvernichtungswaffen hortet, spielen seine Größe, die Anzahl der Täter, sein weltweiter Einfluss bzw. Nichteinfluss keine Rolle. Die Regierung von Präsident Bush trägt die Verantwortung für das amerikanische Volk, und daher ist sie zur konsequenten Reaktion auf jede Art von Bedrohung verpflichtet. Ein Einzelner, fügt die Sicherheitsberaterin hinzu und hebt den Zeigefinger, theoretisch genügt ein Einzelner, um Terror, Angst und Schrecken zu verbreiten. Einer; und im Saarland leben eine Million.

Wie es um die demokratisch gewählte Regierung des Saarlandes stehe, wird gefragt.

Auch Saddam Hussein wurde »gewählt«.

Was die Weltgemeinschaft dazu sage?

Unsere Verbündeten sind informiert und unterstützen unser Vorgehen voll und ganz.

Und die anderen? Deutschland, Frankreich, Russland?

Wir sind überzeugt davon, dass unsere Argumente die Mehrheit der Staaten auf unsere Seite bringen wird. Denn sie sind ebenso bedroht wie die USA auch. Frankreich und der Rest Deutschlands grenzen an das Saarland; in ihrem eigenen Interesse sollten sie unsere Besorgnis teilen.

Wann der Militärschlag gegen das Saarland bevorstehe?

Nichts steht bevor.

Ob man belegen könne, daß das Saarland den Terrorismus fördere?

In der Tat, das könne man. Schon lange habe man dem Land auf diplomatischem Weg Warnungen zukommen lassen. Leider fruchtlos. Die Lage sei ernst.

Die Saarländer selbst bemerken das Gewitter, das sich über ihren Köpfen zusammenbraut, mit reichlich Verspätung. Sie genießen den unerwartet kräftigen Sonnenschein des dreizehnten April im Freien, sie stellen ihre Schwenker in die Gärten und Hinterhöfe, sie grillen und trinken sich ohne reges Interesse an Weltpolitik durch den Sonntag. Erst mit den Abendnachrichten verbreitet sich der bedrohliche Inhalt von George W. Bushs Pressekonferenz im fernen Washington. Fischer hat immer wieder mit Powell telefoniert und nichts erreicht, zwischen der saarländischen Landesregierung und dem deutschen Außenministerium sind die Drähte längst heiß gelaufen, da stehen zwischen Homburg und Merzig immer mehr Nachbarn an den Zäunen und rufen sich gegenseitig die Neuigkeiten zu, in der Hand eine Flasche Bier, Reste von Grillfleisch zwischen den Zähnen. Schneller sind die Medien gewesen.

Auf dem St. Johanner Markt in Saarbrücken führen Fernseh- und Rundfunkredakteure Interviews mit Passanten, denen die Unwissenheit ins Gesicht geschrieben steht. Bush setzt das Saarland auf die Liste terroristischer Staaten, was ist Ihre Meinung dazu? Meine Meinung … ? Bitte? Verwunderung; Unverständnis; Achselzucken; kaum einer verliert ein gutes Wort über den Präsidenten, die meisten haben schon den Einmarsch im Irak »daneben« gefunden. Er droht Ihrem Land mit ernsten Konsequenzen; was sagen Sie dazu? Uns? Dem Saarland? Aber wieso denn? Wo soll das hinführen? Ja, wo endet das? Kriegen die Amis nie genug?

Wie fühlen Sie sich jetzt?

Weiß nicht. Komisch.

Die Korrespondenten notieren: Kein Saarländer findet auch nur ein Gran Verständnis für die Äußerungen der US-Regierung. Selbstverständlich verurteile man jede Form von Terrorismus, von Massenvernichtungswaffen im Saarland habe man nie gehört. Man sei ein friedliebendes Land. Man wolle keinen Ärger. Ein Befragter schlägt vor, UN-Inspektoren ins Land zu holen; aber finden, nein, finden würden die nichts. Unverständnis und Kopfschütteln also im Saarland. Einhellige Ablehnung. Jedoch auch das Fehlen jeglicher Panik unter der Bevölkerung, kaum Entsetzen, das sich bemerkbar macht, oder ein tiefreichender Schrecken. Nein, was die Menschen hier empfinden, scheint vielmehr eine Art lähmender Resignation, das Gefühl achselzuckender Hilflosigkeit: nun also auch wir, nun also das Saarland

Lethargie, schreibt einer der Korrespondenten. Dumpfe Lethargie.

Immerhin, im Laufe des Montags finden in Saarbrücken und Neunkirchen erste Protestmärsche statt. Sie sind nicht gerade überlaufen, aber besser besucht als die Antikriegsdemonstrationen nach dem Irakeinmarsch. Organisiert werden sie von den Gewerkschaften. Schulen, Jugendgruppen und beide Kirchen schließen sich an, in Neunkirchen marschiert eine Bergwerkskapelle vor den Protestlern her. Von den Parteien ist die regierende CDU nicht vertreten. Der saarländische Ministerpräsident Peter Müller hat die Vorwürfe Bushs zwar ebenso harsch zurückgewiesen wie Kanzler Schröder, ist aber aus den eigenen Reihen umgehend dafür kritisiert worden. Man müsse mit den Amerikanern verhandeln, anstatt sie zu brüskieren, heißt es in der Landtagsfraktion. Selbst aus der SPD sind vereinzelt ähnliche Stimmen zu vernehmen, auch wenn man dort die schwierige Situation des Landesvaters gerne ausgenutzt hätte. Zurückhaltung sei das parteiübergreifende Gebot der Stunde, formuliert ein alter Genosse, der schon immer als Vorreiter der Westintegration gegolten hat.

Dennoch, die SPD hat sich schließlich den Protestaufrufen angeschlossen, ebenso die FDP und die Grünen, ganz zu schweigen von den bis dahin quasi inexistenten Kommunisten und Nationaldemokraten, die rasanten Zulauf erhalten. Ein protestantischer Pfarrer, der in Saarbrücken vor dem Gespenst des Antiamerikanismus warnt, wird ausgepfiffen. Politiker sind als Redner unerwünscht, dafür treten Liedermacher auf und ein von der aktuellen Entwicklung überrumpelter Kabarettist, dessen Pointen wie melancholische Erinnerungen an glücklichere Zeiten anmuten. Am nächsten Tag erscheint in der *New York Post* ein Foto der Neunkircher Demonstration, das zwei zu Plakaten umfunktionierte Bettlaken zeigt. Auf dem einen steht »Ami go home«, auf dem anderen »George W. Bullshit«, beide Laken waren vor kurzem noch in Gebrauch, und das Weiße Haus schickt eine Protestnote an die saarländische Regierung.

Im Reich bezeichnet man die Lage offiziell als heikel. Der Kanzler hat sich voll und ganz hinter »seine« Saarländer gestellt, gleichfalls der Außenminister, der Verteidigungsminister, Sprecher der Grünen und der FDP. Lediglich die CDU fährt einen konträren Kurs. Angela Merkel nutzt die Gelegenheit, um mit ihrem innerparteilichen Konkurrenten Peter Müller abzurechnen, der sich bei der Debatte um den Irakkrieg gegen sie gestellt hat. Nach außen hin gibt sie sich betont gelassen; sie bleibe bloß ihrer proamerikanischen Linie treu – »in aller auch tragischen Konsequenz«, wie sie immer wieder anmerkt. Das Saarland müsse sofort und ohne jeden Vorbehalt offenlegen, ob und welche Massenvernichtungswaffen in seinem Besitz seien. Es gebe keine Alternative zur Rückkehr in die demokratische Völkergemeinschaft. In der CDU-Fraktion kommt es zu erbitterten Wortwechseln.

Ich weiß von keinen Massenvernichtungswaffen, sagt der saarländische Bundestagsabgeordnete Altmaier nervös.

Wie kommt es, dass die CIA davon weiß?, fragt Merkel zurück.

Das kann nicht sein, schreit Altmaier. Unmöglich! Ich kenne mein Land besser als jeder andere.

Und eure Industrie? Habt ihr die im Griff?

Welche Industrie?, murmelt einer aus Baden-Württemberg.

Was ist mit den Chemiebetrieben? Gibt es da kein Labor, das mit Anthrax rummauschelt? Und eure Stahlwerke? Die Elektrotechnik? Können Sie garantieren, Herr Altmaier, dass da alles sauber ist?

Na, hören Sie ...

Es kursiert eine Liste mit saarländischen Firmen, die an den Irak geliefert haben. Und das bis letztes Jahr. Präzisionsinstrumente, geeignet für modernste Waffensysteme.

Eine Liste?, fragt Altmaier verwirrt.

Erstellt von amerikanischen und israelischen Geheimdiensten. Der Kanzler hat sie längst und schweigt. Sollen auch wir schweigen, Herr Altmaier? Pestizidlieferungen seit 1975, ununterbrochen. Bunkersysteme in den Neunzigern. Steht alles auf der Liste. Und 1988 hat eine saarländische Wirtschaftsabordnung den Nahen Osten bereist, um von Libyen bis Irak gute Geschäfte zu machen.

Das war unter Lafontaine, flüstert Altmaier.

Na also, sagt Merkel.

Die saarländische Landesregierung hat sich zu einer Krisensitzung zusammengefunden. Neben Peter Müller sitzt ein etwa vierzigjähriger Mann im grauen Anzug, hohe Stirn, ovale Brille. Das Kabinett ist vollzählig angetreten, nur der herzkranke Sportminister hat sich entschuldigen lassen. Abseits steht ein riesiger Fernsehbildschirm, der bei Videokonferenzen eingesetzt wird. Er ist ausgeschaltet, und auf seiner schwarzen, leeren Oberfläche spiegelt sich die versammelte Runde.

Es gibt jede Menge Solidaritätsadressen, verkündet Ministerpräsident Müller. Frankreich, Russland, Belgien, Luxemburg, die saarländischen Partnerstädte in ganz Europa …

Was, bitteschön, nützt das?, fragt jemand.

Das werden wir sehen, antwortet Müller. Ich verbitte mir jeglichen Vergleich mit dem Irak. Die Amerikaner haben ihr Exempel dort statuiert, zu weiteren Militärschlägen wird es nicht kommen. Schon gar nicht gegen uns. Wir sind ein Teil Deutschlands, ein Teil Europas, wir gehören zur NATO … Es wird keinen Feldzug gegen unser Land geben, das garantiere ich.

Also ich kann verstehen, dass uns die USA auf dem Kieker haben, unterbricht eine aus Schleswig-Holstein stammende Staatssekretärin. Ich kann die USA gut verstehen. Keinem deutschen Ministerpräsidenten ist es eingefallen, den Krieg gegen den Irak völkerrechtswidrig zu nennen. Nur dem saarländischen. Das war politisch unklug, um nicht zu sagen dämlich.

Erregte Redebeiträge pro und contra folgen. Zwei Minister schreien sich an. Dann ergreift ein schweißgebadeter Peter Müller das Wort: keine Diskussion über das, was in den letzten Wochen passiert oder nicht passiert sei. Mit der aktuellen Situation habe man genug zu tun.

Eben, sagt jemand.

In Absprache mit dem deutschen Außenminister sei man um Kooperation mit der US-Regierung bemüht, fährt Müller fort. Kooperation auf der ganzen Linie. Man habe sich entschlossen, einen Sonderbeauftragten zu ernennen, der mit der Bush-Administration direkt verhandeln solle. Einen absoluten Kenner der Materie, einen Fachmann. Er zeigt auf den neben ihm sitzenden Herrn im grauen Anzug, der bislang geschwiegen hat. Herr Baltes.

Herr Baltes erhebt sich halb aus seinem Stuhl und nickt den Anwesenden zu.

Das Einverständnis der Kollegen vorausgesetzt, sagt der Ministerpräsident, werde Klaus Baltes als Sonderbeauftragter der Landesregierung im Tross des Auswärtigen Amts nach Washington reisen und dort die Position des Saarlandes darlegen. Die Richtlinien seien klar: ein vollständiges Kooperationsangebot bei gleichzeitigem Pochen auf der Souveränität des Landes.

Dazu bedarf es einer ganzen Menge Fingerspitzengefühl, sagt die Staatssekretärin. Ich hoffe, Herr Baltes bringt das mit.

Davon bin ich überzeugt, betont Müller. Sein hellblaues Hemd klebt feucht zwischen seinen Schulterblättern.

Natürlich ist Klaus Baltes, genannt: der Balteskłaus, für diese Aufgabe der richtige Mann. Unter seinen Freunden gilt er als Amerika-Experte. Er liebt Country & Western, er liebt amerikanische Spielfilme, er hatte mal was mit einer Amerikanerin, und in den Neunzigern war er sogar beinahe einmal drüben. Es wurde ihm dann doch irgendwie zu teuer. Englisch spricht er leidlich, und über die Vereinigten Staaten geht ihm, selbstverständlich mit Ausnahme des Saarlandes, so gut wie nichts. Klaus Baltes stammt aus Illingen, er hat einen Lehrauftrag für Mathematik an der Universität Saarbrücken und ist seit siebzehn Jahren Mitglied der CDU. Seit seiner Studienzeit, die er ebenfalls in

Saarbrücken verbracht hat. Sein Vater, damals stellvertretender Bürgermeister von Illingen, hat ihm geraten, in die CDU, die saarländische Partei schlechthin, einzutreten, gerade jetzt, wo der rote Lafontaine ans Ruder gekommen sei.

Klaus Baltes hat den Rat seines Vaters befolgt. Er ist bedächtig, wie es seiner Art entspricht, in der Partei aufgestiegen, und er hat in den letzten Jahren die Arbeit der von der Regierung eingesetzten Hochschulkommission maßgeblich mitbestimmt. Die Aufgabe dieser Kommission ist es gewesen, radikale Kürzungsvorschläge im Lehrstellenbereich zu machen, ohne dass die gesamte Universität auf die Barrikaden ginge. Das heißt, im Prinzip befand sie sich in einer ähnlich misslichen Situation wie in dieser Stunde der Sonderbeauftragte des Saarlandes, der in die Vereinigten Staaten fliegt, um das Weiße Haus zum Einlenken zu bewegen.

Die Maschine der Luftwaffe mit einem halben Dutzend hochrangiger Diplomaten an Bord soll am späten Vormittag in Washington landen. Der blaue Teppich des Atlantiks wölbt sich bis zum Horizont. Eine Tasse Tee in der Hand, erörtert der deutsche Außenminister zusammen mit dem Balteskaus die Lage.

Wir müssen behutsam vorgehen, sagt Joschka Fischer. Sehr behutsam, Herr Baltes. Bush und Rumsfeld werten den Irakkrieg als vollen Erfolg und sehen daher absolut keinen Grund, klein beizugeben.

Aber wir sind doch nicht der Irak, sagt Klaus Baltes.

Am meisten stimmt mich bedenklich, dass Powell sich so zurückhält. Normalerweise kann man mit ihm immer reden. Entweder ist er momentan in der Defensive oder …

Oder?

Oder es gibt tatsächlich handfeste Beweise.

Aber das ist undenkbar, ruft Baltes. Lächerlich!

Ihr hättet vorsichtiger sein sollen, entgegnet Fischer nachdenklich.

Wieso vorsichtiger? In welcher Hinsicht vorsichtiger? Was ist uns denn bitteschön vorzuwerfen?

Der Außenminister nippt an seinem Tee. Es gibt da eine Liste, Herr Baltes. Dem Kanzler liegt sie seit Sonntag vor. Gut, sie ist nicht sehr lange und nicht sonderlich aussagekräftig, aber was besagt das schon? Die Irakliste war eher kürzer.

Und was soll draufstehen auf dieser Liste?

Was immer draufsteht. Firmennamen. Lieferungen in den Nahen Osten. Iran, Syrien, Libyen und natürlich der Irak. Ihr habt gute Geschäfte gemacht da unten.

Wer hat das nicht, Herr Minister?

Ich weiß, seufzt Fischer. Ich weiß. Es tut mir leid, aber ihr steht nun mal derzeit im Brennpunkt der Aufmerksamkeit. Offenbar will Bush ein Exempel statuieren. Man darf den Mann nicht unterschätzen, er ist viel raffinierter, als es den Anschein hat. Überlegen Sie mal: Was für ein geschickter Schachzug, dem eigenen Verbündeten terroristische Verstrickungen vorzuwerfen! Niemand kann ihm einseitige Fixierung auf die arabische Welt vorwerfen, niemand. Und schon gar keine territorialen Absichten.

Das wäre ja noch schöner, murmelt der Baltesklaus.

Wir alle haben Bush unterschätzt, sagt Fischer. Man hat ihm vorgeworfen, einen christlichen Kreuzzug zu führen –

dieser Vorwurf ist vom Tisch, ein für allemal. Der Kampf der Kulturen: kein Thema mehr. Auf diese Weise macht Bush der ganzen Welt klar, dass es ihm nur um das eine geht: um die Beseitigung des internationalen Terrorismus. Respekt.

Und dafür sucht er sich ausgerechnet das Saarland aus?, fragt Klaus Baltes bitter.

Ihr hättet vorsichtiger sein sollen, sagt der deutsche Außenminister.

In Washington D.C. findet der in solchen Krisensituationen übliche Beratungsmarathon statt. Fischer trifft seinen Amtskollegen Powell; anschließend stellen sich beide der Presse. Grundsätzlicher Tenor: verhaltene Zuversicht, die Krise friedlich beilegen zu können. Kurze Begegnung mit George W. Bush unter Ausschluss der Öffentlichkeit. Ein Informationsaustausch europäischer und amerikanischer Sicherheitsexperten. Der deutsche Botschafter spricht beim ebenfalls eingetroffenen UN-Generalsekretär Annan vor. Ein gemeinsames Mittagessen sämtlicher angereister Diplomaten. Wachteln mit Ahornsirupkruste.

Der Baltesklaus ist zu keiner dieser Begegnungen geladen. Prinzipiell nehme das deutsche Außenministerium die Interessen des Saarlandes gegenüber den USA und ihren Verbündeten wahr, heißt es aus dem Weißen Haus. Gleichwohl werde man, als Bekundung des guten Willens und zur Auflockerung der angespannten Atmosphäre, einen eigenen Sonderbeauftragten abstellen, der parallel zu den Verhandlungen auf Ministerebene zwischen der saarländischen und der amerikanischen Regierung …

… vermitteln solle?, fragt Baltes hoffnungsfroh.

Nein, lediglich zum Meinungsaustausch beitragen.

Immerhin. Ganz nutzlos ist seine Anwesenheit vor Ort also nicht. In der Heimat warten sie schließlich auf Ergebnisse.

Der Balteskiaus muss sich gedulden und vertreibt sich die Zeit bis zum Erscheinen des Sonderbeauftragten in der Stadt. Seine Stimmung hebt sich merklich. Er ist zum ersten Mal in den Staaten und schwer beeindruckt. Die Amerikaner, mit denen er sich unterhält, scheinen erfreulich normale Menschen zu sein, hilfsbereit und äußerst freundlich. Außerdem herrscht zu seiner Überraschung Rechtsverkehr. Er wagt, nach den aktuellen Ereignissen zu fragen, nach dem Irak und – dies nicht ohne Zögern – auch nach dem Saarland. Nun, man habe absolut nichts gegen diese Leute in Übersee, wird ihm geantwortet, nichts gegen die Iraker und nichts gegen die Saarländer, aber wenn es da Verbindungen zum internationalen Terrorismus gebe, müsse man wohl oder übel eingreifen. Man trage schließlich Verantwortung.

Responsibility, nickt Klaus Baltes, erfreut, eine alte Vokabel aufgefrischt zu haben. Er persönlich war gegen den Einmarsch in den Irak, genau wie sein Landesvater, aber es stimmt schon, ohne einen Saddam Hussein sieht diese Welt gleich wieder etwas friedlicher aus.

Wissen Sie, erklärt ein junger, gutgekleideter Schwarzer, der Krieg unseres Präsidenten richtet sich nicht gegen die Bevölkerung. Er richtet sich gegen die Regierungen, die Giftgas produzieren, ihre Leute foltern und Bin Laden verstecken.

Aber das Saarland hält Bin Laden nicht versteckt, wendet der Baltesklaus ein.

Dann haben Sie auch nichts zu befürchten, antwortet der Schwarze und verabschiedet sich. Nach wenigen Schritten wendet er sich noch einmal um und sagt: Jetzt fällt mir wieder ein, in welchem Zusammenhang ich von euerem Land schon gehört habe. Ihr hattet doch mal diesen Top-Terroristen.

Wir?, fragt Baltes. Wir, das Saarland?

Ja, diesen Kommunisten, Honecker. War das nicht einer von euch?

Na ja, sagt Klaus Baltes.

Sehen Sie. Ich wusste doch, dass ich dieses Land kenne.

Der Sonderbeauftragte der US-Regierung ist ein hagerer Siebzigjähriger mit buschigen weißen Augenbrauen und tief eingegrabenen Falten im wettergegerbten Gesicht. Er sagt Klaus zum Baltesklaus, und dieser darf ihn Richard nennen. Richard spricht ausgezeichnet Deutsch. Er hat mehrere Jahre in Bielefeld gearbeitet. Hatte damals viel mit den Bertelsmann-Leuten in Gütersloh zu tun, sagt er. Eine gute Firma.

Unsere Position, beginnt Baltes und setzt sich aufrecht, die Position der saarländischen Landesregierung, ist die, dass wir …

Sie sind zum erstenmal in den Staaten, Klaus?

Äh … ja.

Und? Gefällt es Ihnen hier?

Ja, schon. Die Leute sind sehr angenehm. Doch.

Schön.

Richard schweigt. Baltes ist verunsichert. Er würde gerne über das Land und seine Bewohner plaudern, selbstverständlich, aber er hat einen Auftrag und eine Verpflichtung (responsibility!) den Saarländern gegenüber. Andererseits – vielleicht gehört es hier zum guten Ton, sich vorbeugend in Small Talk zu ergehen. Dann soll es an ihm nicht scheitern.

Darf ich Sie etwas fragen, Klaus?

Aber gerne.

Wie sind Sie zum Sonderbeauftragten in dieser Angelegenheit geworden? Ich frage aus rein privatem Interesse.

Oh, das ist ganz einfach. Ich kenne unseren Ministerpräsidenten seit Jahren. Er vertraut mir. (Das klingt gut, findet der Balteskiaus. Sehr gut sogar.) Außerdem, ich hatte schon immer ein besonderes Faible für Amerika. Und ich hatte einmal eine amerikanische Freundin.

Interessant.

Ja, es ist schon ein paar Jährchen her. Sie kam aus Winnipeg und studierte in Saarbrücken.

Das freut mich, Klaus. Lange waren Sie nicht mit ihr zusammen, nehme ich an?

Doch, doch. Über ein Jahr. Gut, es ist dann nichts daraus geworden. Unterschiedliche Interessen, wie man so sagt.

Winnipeg liegt ja eigentlich in Kanada, merkt Richard nach einer kleinen Pause an. Vielleicht meinten Sie Wisconsin, Klaus.

O ja, sicher, sagt Baltes hastig. Natürlich Wisconsin. Das habe ich verwechselt, tut mir leid.

Oder Wyoming?

Nein, nein, Wisconsin war's. Sie haben recht.

Auch ein schöner Staat, Wisconsin.

Klaus Baltes nickt. Dann setzt er sich wieder gerade hin. Um auf die Position der saarländischen Landesregierung zurückzukommen …

Lassen Sie es mich so formulieren, unterbricht Richard, der Mann mit den weißen Augenbrauen. Ihre Regierung sollte den Beweis erbringen, ja, sie hat sogar die Pflicht dazu, dass sie in keinerlei terroristische Aktivitäten verstrickt ist. Kann sie das?

Wie bitte?, fragt Klaus Baltes verwirrt. Wir sollen … wir sollen beweisen, dass wir keine Terroristen sind?

Nach Ansicht der Regierung der Vereinigten Staaten wird Ihnen das schwerfallen. Können Sie beweisen, dass Ihr Land keinerlei Massenvernichtungswaffen hortet? Zweitens: Können Sie beweisen, dass Sie den internationalen Terrorismus weder aktiv noch passiv unterstützen? Und drittens: Können Sie beweisen, dass das Saarland flüchtigen Terroristen keinen Unterschlupf gewährt? Wenn Sie all das können, braucht sich Ihr Land keine Sorgen zu machen. Das ist der Standpunkt unserer Regierung, und Sie sollten ihn ernst nehmen. Ein Budweiser, Klaus?

Auch der fünfzehnte April ist warm und wolkenlos, so recht ein verfrühter Sommertag. Die amerikanische Regierung verstärkt ihre Divisionen in Ramstein und Spangdahlem. Für besonders gefährdete Einrichtungen in Kaiserslautern, Heidelberg und Stuttgart ersucht sie den deutschen Innenminister um Objektschutz. US-Bürger werden aufgefordert, das Saarland innerhalb der nächsten 72 Stunden zu verlassen. UN-Mitarbeiter treffen in Saarbrücken ein. Sie raten Ministerpräsident Müller, die Bestände sämtlicher Massenvernichtungswaffen – falls es sie denn gebe – vorbehaltlos offenzulegen. Peter Müller erklärt zum hundertsten Mal in diesen Tagen, dass von der Existenz solcher Bestände keine Rede sein könne.

Die Fernsehsender bringen derweil immer wieder Müllers Einschätzung vom vergangenen März, er halte den Einmarsch in den Irak für völkerrechtswidrig. Hinter vorgehaltener Hand munkeln seine Mitarbeiter, im Ausland habe bereits der vehemente Widerstand des Ministerpräsidenten gegen die vorgeschlagene Angliederung seines Landes an Rheinland-Pfalz für erhebliche Irritationen gesorgt. Reine Abschottungspolitik, hätten diplomatische Zirkel getadelt. Territorialer Starrsinn. Und habe nicht derselbe Peter Müller vor Jahren eine äußerst dubiose Rolle im Einwanderungsstreit mit der rot-grünen Bundesregierung gespielt? Politiker der SPD, allen voran ihr Spitzenkandidat Heiko Maas, fordern Müller zum sofortigen Rücktritt auf.

Währenddessen ziehen die ersten Saarbrücker Familien aufs Land. Jede hat Verwandte oder Bekannte im Hochwald, in der ruhigen Merziger Gegend oder im beschaulichen Bliestal. Die Landesgrenzen werden selten überschritten; Französisch sprechen nur wenige Saarländer, und aus der Pfalz kommen keine ermutigenden Signale. Die Mainzer Landesregierung hat zwar die USA und die Alliierten vor einem Einmarsch und vor der Destabilisierung der gesamten Region eindringlich gewarnt, gleichzeitig aber das Saarland aufgefordert, sämtliche erhobenen Vorwürfe so bald wie möglich zu entkräften. Man selbst werde jedenfalls keine Massenvernichtungswaffen in direkter Nachbarschaft dulden. Von der Vereinigung beider Länder spricht Ministerpräsident Kurt Beck schon lange nicht mehr.

Am Nachmittag des fünfzehnten April strahlt der Saarländische Rundfunk ein Live-Interview mit Peter Müller aus, in dessen Verlauf der Ministerpräsident zugeben muss, dass die ersten Gespräche seines Sonderbeauftragten in Washington noch keine greifbaren Ergebnisse gezeitigt haben. Zur gleichen Zeit erklärt Tony Blair vor dem englischen Unterhaus, die Gefahr eines alliierten Einmarsches in das Saarland sei »keineswegs gebannt«. Daraufhin werden in Saarbrücken, Völklingen, Saarlouis und Neunkirchen erste Hamsterkäufe registriert. Bei pensionierten Dorfschullehrern, Heimatkundlern und Weltkriegsteilnehmern häufen sich Nachfragen (»man kann ja nie wissen ...«) nach der Existenz von Schutzbunkern aus den Dreißigerjahren. In derselben Nacht passieren mehrere Lkws der Handelskette Aldi die saarländische Grenze, im Laderaum Tausende von neuentwickelten Survival-Kits zum Stückpreis von 19,90 Euro: ein Beutel mit Atemschutzmaske, Miniaturschaufel, Taschenlampe, Energydrink. Ulrich Tilgner, derzeit noch Kriegsreporter in Bagdad, bucht ein Zimmer im Saarbrücker Kongress-Hotel.

Erst über die Ostertage, so der Wetterdienst, soll es kühler werden.

Ich verstehe euch Deutsche nicht, sagt Richard, stützt seinen rechten Ellbogen auf die Stuhllehne und legt sein

Gesicht in die Handfläche. Ich verstehe euch einfach nicht. Keiner hier tut das.

Aber wieso?

Was habt ihr gedacht, als ihr die jubelnden Iraker gesehen habt? Als sie die Statuen ihres Diktators vom Sockel stießen? Kein bisschen Freude? Natürlich, es gab Kriegselend, jeder weiß es. Dreitausend Tote, vielleicht fünftausend. Das ist bekannt. Aber Millionen befreiter Iraker. Weshalb könnt ihr das nicht honorieren, ihr komischen Deutschen? Ist Freiheit kein Wert mehr für euch? Ihr genießt sie doch selbst erst seit zwei Generationen, euer Osten seit nicht einmal fünfzehn Jahren; ihr müsstet euch noch gut an Diktatur und Unterdrückung erinnern können … Und dann freut sich keiner von euch über diese befreite Nation. Warum nicht?

Vielleicht, weil wir uns auch noch an die Bombennächte von Dresden und Hamburg erinnern, wendet der Baltesklaus leise ein.

Das sollten Sie nicht sagen, Klaus. Ich war vor einem Jahr in Dresden. Auferstanden aus Ruinen, so heißt es doch. Schöner als je zuvor. Und Hamburg? Fahren Sie mal nach Detroit oder Pittsburgh, Klaus, dann wissen Sie, wie schön und gesund deutsche Städte sind.

In Saarbrücken fürchtet man, wieder bombardiert zu werden. Genau wie damals.

Ich weiß, dass Ihre Stadt Angriffsziel im Zweiten Weltkrieg war, Klaus. Ich weiß, dass wir die saarländischen Industriezentren dem Erdboden gleichgemacht haben. Neunkirchen, Völklingen, die großen Stahlwerke, die Dillinger Hütte …

Der Baltesklaus nickt. Mein Gott, denkt er. Mein Gott, der Kerl kennt das Saarland in- und auswendig, er hat sich kundig gemacht. Und ich verwechsele Winnipeg mit Wisconsin.

Kennen Sie Epinal, Klaus?

Das Epinal in Frankreich?

Südliches Lothringen, ja. Dort ist mein Bruder gefallen. Jetzt liegt er auf dem amerikanischen Friedhof von Dounoux. Ein unscheinbarer Ort, nicht sehr schön, wenn ich ehrlich bin. Eher trostlos. Auch eine traurige Landschaft. Aber mein Bruder liegt dort, seit 1944, und ich besuche ihn alle zehn Jahre mit der gesamten Familie. Nächstes Jahr ist es wieder soweit.

Baltes betrachtet seine Fußspitzen. Auf ein solches Gespräch hat man ihn zuhause nicht vorbereitet. In einem Supermarkt in Epinal hat er mal Fisch eingekauft, zum Grillen. Und natürlich Käse.

Sie haben ihm den Kopf weggeschossen, sagt Richard.

Das … das tut mir leid.

Ach, in Ihrer Familie hat es sicher auch Opfer gegeben, Klaus. Das ist der Krieg, jeder sieht zu, dass er heil aus der Sache rauskommt. Bloß, es entbehrt nicht einer gewissen Tragik: Vielleicht war es ja Ihr Vater, der ihn erschossen hat. Oder Ihr Onkel. Jedenfalls einer Ihrer Landsleute. So ist das, wenn Krieg herrscht, Klaus. Keiner will ihn, keiner. Aber begreifen Sie, dass ich als Amerikaner beim Anhören meiner Hymne etwas anderes empfinde als nationale Überheblichkeit? Ich empfinde Stolz, verstehen Sie, Klaus? Stolz, dass mein Bruder mit einundzwanzig sein Leben gelassen hat, damit wir zwei hier wie gute Freunde bei einem Budweiser miteinander plaudern können. Damit ihr euch von euren Scheißnazis lossagen konntet und eure Städte wieder so schön wurden wie vor dem Krieg. Und deshalb ärgert es mich, dass ihr es euch so leicht macht mit dem Irakkrieg. Verdammt, Klaus, Saddam war ein Diktator, nicht besser als euer Adolf, und wir sollten auf seine Höllenfahrt anstoßen.

Gern, sagt der Baltesklaus; erleichtert, dem Sonderbeauftragten der amerikanischen Regierung wenigstens einmal beipflichten zu können.

Am sechzehnten April berichtet SPIEGEL Online über ein Unternehmen aus dem ostsaarländischen Homburg, das bis in die Neunzigerjahre hinein diverse Hightech-Messinstrumente an das Saddam-Regime geliefert haben soll. Auf der inzwischen zu zweifelhaftem Ruhm gekommenen amerikanischen Liste soll es als Embargobrecher Nummer 1 geführt sein. Außerdem werden in dem Artikel erwähnt: ein Pharmabetrieb am Nordrand Saarbrückens, drei Labors, die eng mit der Universität des Saarlandes zusammengearbeitet und angeblich die Wirkung neuer Pestizide erforscht haben, sowie im Kreis Wadern ein Hersteller für Speziallinsen, die laut SPIEGEL Online ausschließlich für militärische Zwecke entwickelt wurden.

Respekt, sagt der Mann der New York Post zu seinen Kollegen. Ich hielt diese Saarländer immer für Wiesel. Dabei haben die richtiggehend kriminelle Energie. Respekt.

Der Betriebsrat des beschuldigten Homburger Unternehmens hält eine eilends anberaumte Pressekonferenz ab.

Kein Vorstandsmitglied ist erschienen; als Entschuldigung werden vorgezogener Osterurlaub bzw. plötzliche Erkrankung angegeben. Man prüfe die Vorwürfe, heißt es. Sämtliche Exporte der Achtziger- und Neunzigerjahre würden aufgearbeitet. Einen Verstoß gegen das Handelsembargo könne man sich allerdings nicht vorstellen, beim besten Willen nicht. Der Betriebsratsvorsitzende schwitzt. Vor dem Werkstor protestieren erregte Bürger gegen die verantwortungslose Politik der Unternehmensleitung. Wir wollen nicht mit denen in einen Topf geworfen werden, rufen sie, und: Macht den Bossen den Prozess!

In der Landeshauptstadt werden die ersten Lebensmittel knapp: H-Milch, Cola, Zwieback. Ministerpräsident Peter Müller verkündet Durchhalteparolen und wartet verzweifelt auf ermutigende Nachrichten seines Sonderbeauftragten aus Washington. Der deutsche Verteidigungsminister hat sich geweigert, die Bundeswehr zum Schutz des Saarlands bereitzustellen, falls sich die Vorwürfe der Amerikaner bewahrheiteten. Sämtliche Fußballspiele des Osterwochenendes werden abgesagt.

Abends sichert der Bundeskanzler in einer Live-Diskussion, moderiert von Maybrit Illner, dem Saarland noch einmal und »mit Nachdruck« seine volle Solidarität und Unterstützung zu, ohne allerdings zu präzisieren, welche konkreten Maßnahmen hiermit verbunden seien. Währenddessen macht ein öffentlicher Aufruf die Runde, betitelt »Mit brennender Sorge« und unterzeichnet von vierzig, in der Mehrzahl ostdeutschen Landes- und Bundespolitikern. Sie beschwören darin die saarländische Bevölkerung und ihre Regierung, vorbehaltlos mit der UN und besonders mit den Amerikanern zusammenzuarbeiten, sämtliche Vorwürfe zu entkräften und Deutschland von dem ungeheuren weltpolitischen Druck der letzten Tage zu entlasten. Andernfalls sei man bereit, das Land seinem selbstgewählten (und dann auch: selbstverschuldeten) Schicksal preiszugeben. Blinde Solidarität mit einer halb französischen Region lehne man kategorisch ab.

Der Kanzler tobt, als er von dem Aufruf hört. Fast alle Unterzeichner stammen aus den Reihen der CDU, aber auch drei ehemalige DDR-Bürgerrechtler sind dabei und sogar ein paar Genossen.

Das Saarland ist deutsches Kernland, schimpft Schröder. Wie können diese vaterlandslosen Gesellen wagen …

Ist es nicht, widerspricht sein Fraktionsvorsitzender Müntefering. Als wir beide geboren wurden, haben sie dort mit Francs gezahlt. Und noch etwas, Gerd: Kennst du das Ergebnis der neuesten Forsa-Umfrage zur Saarland-Krise?

Nein. Was für eine Umfrage?

Lies sie durch und dann überleg dir in Ruhe, zu welchen Bedingungen wir bereit sind, das Saarland zu opfern.

Noch ein Budweiser, Klaus?

Nein, danke. Oder doch, gerne. Sagen Sie, Richard: Wer kommt eigentlich nach dem Saarland dran? Wer ist der nächste, gegen den es geht?

Das weiß ich nicht. Ich weiß nicht, ob es überhaupt einen nächsten geben wird.

Aber warum das Saarland? Was unterscheidet uns von den anderen? Ihr werdet nichts bei uns finden, Richard, nichts: keine Massenvernichtungswaffen, keine untergetauchten Terroristen …

Unsinn.

Bitte?

Das ist Unsinn, was Sie da reden, Klaus, und Sie wissen das. Massenvernichtungswaffen stehen prinzipiell jedem Land zur Verfügung, jedem Land, dessen Analphabetenrate nicht gerade 100 Prozent beträgt. Es findet sich immer ein Labor, das mit biologischen oder chemischen Kampfstoffen arbeitet. Tun Sie doch nicht so blauäugig, Klaus! Auf der einen Seite des Tisches stellt man Aspirin her, auf der anderen Anthrax. Mit Giftgasen experimentiert heute jede naturwissenschaftliche Fakultät. Und ihr Deutschen seid doch stolz auf eure Forschungen, nicht wahr?

Aber vom Labor zur Waffenschmiede ist es immer noch ein sehr weiter Weg!

Überspitzt gesagt: Seit dem 11. September ist jedes Land mit einer Flugzeugstaffel im Besitz von Massenvernichtungswaffen.

Dazu braucht es aber auch eine Handvoll von Idioten, die diese Flugzeuge fliegen, ruft der Balteskiaus, allmählich in Wut geratend.

Ich persönlich glaube nicht, dass es im Saarland Terroristen gibt, erwidert Richard. Jedenfalls nicht mehr als anderswo. Aber ich weiß auch, dass Washington selten so nervös war wie an dem Tag, als Mr. Lafontaine Bundesfinanzminister wurde.

Der hat sich doch längst in den Ruhestand verabschiedet.

Das ist fast noch schlimmer. Jetzt kontrolliert ihn niemand mehr. Hat er nicht vor kurzem das Geburtshaus von Honecker gekauft? Hier kursieren die seltsamsten Gerüchte.

Kann ich noch ein Budweiser haben? Vielleicht eines mit Alkohol?

Bedienen Sie sich, Klaus.

Darf ich Sie etwas Persönliches fragen, Richard?

Sicher.

Was steckt eigentlich dahinter? Warum droht ihr uns? Einem Land, das wirklich keinen interessiert?

Richard zuckt die Achseln. Es geht jedenfalls nicht um Öl. No blood for oil – diese Parole können eure Demonstranten jetzt getrost entsorgen. Vielleicht traf sie auf den Irakkrieg zu, ja, wahrscheinlich tat sie das, zum Teil wenigstens. Und wissen Sie was, Klaus? Ich bin froh darüber. Ich finde es sehr vernünftig und weitblickend, die Ölreserven Mesopotamiens keinem blutrünstigen Tyrannen zu überlassen, sondern dem Weltmarkt. Blood for oil – meine Unterstützung findet das.

Und das Saarland?

Nun, vor fünfzig Jahren hätte ich gesagt: Blood for coal. Richard lacht leise. Seien Sie mir bitte nicht böse, Klaus, aber dieser Grund hat sich ja inzwischen komplett erledigt, nicht wahr?

Am siebzehnten April, einem Donnerstag, überschlagen sich die Ereignisse.

Um zehn Uhr Ortszeit meldet sich in Hirzweiler, Kreis

Eppelborn, ein frühpensioniertes Werkschutzmitglied auf der örtlichen Polizeistelle und gibt folgende Selbstanzeige zu Protokoll: Betreffende Person, nämlich er, Rudi F., habe während seiner Anstellung im Kernkraftwerk Biblis von 1987 bis 1998 mehrfach Werkseigentum entwendet, darunter einmal (nur ein einziges Mal!) ein Behältnis mit angereichertem Uran, das er bei sich zuhause im Hobbykeller gelagert habe, ohne eine Verwendung jemals in Erwägung zu ziehen. Auch sei ihm nie der Gedanke gekommen, das Uran – eine verschwindend geringe Menge – anderen Personen käuflich anzubieten oder gar für kriminelle Zwecke zu missbrauchen; er habe das Raubgut lediglich als Erinnerung an seine Arbeit aufbewahren und niemals in Umlauf bringen wollen. Nicht anders als seinen gelben Werkschutzhelm beispielsweise. Der liege neben dem Uran.

Eine knappe Stunde später wird bei Freisen im Nordsaarland eine Gruppe von Männern arabischen Aussehens von Unbekannten Richtung Landesgrenze gejagt. Dort angekommen, verweigern ihnen die rheinland-pfälzischen Behörden die Einreise. Zwecks Deeskalation der Lage wird der Bundesgrenzschutz angefordert.

Der deutsche Außenminister trifft in Saarbrücken ein. Er rät sämtlichen Mitgliedern der saarländischen Landesregierung, als Sofortmaßnahme ihre Ämter ruhen zu lassen, bis die Krise überwunden sei – was nach derzeitigem Stand in wenigen Tagen der Fall sein müsse. Er spricht von groben Missverständnissen auf Seiten der Bush-Administration, aber auch von Versäumnissen der Landesregierung,

Stichwort Homburg, Stichwort Hirzweiler. Peter Müller protestiert der Form halber. Die Staatssekretärin zieht sich mit Vertretern des konservativen CDU-Flügels zu Geheimberatungen zurück.

Immer mehr Menschen verlassen die Hauptstadt. Die Mittagsnachrichten zeigen Bilder des US-Flugzeugträgers Nimitz, der mittlerweile vor der Bretagne eingetroffen ist. Gleichzeitig trumpft ein Privatsender mit einer Handvoll vermummter, malerisch vor der Saarschleife postierter Jugendlicher auf, die lautstark, wenn auch nicht dialektfrei, ankündigen, ihre Heimat mit allen Mitteln und bis zum letzten Blutstropfen verteidigen zu wollen. Anschließend stoßen sie mit Dosenbier an.

Die Börsen, weltweit wegen der unsicheren Lage tagelang in ungebremstem Fall, melden wieder steigende Werte. In New York konferiert ein sichtlich deprimiert wirkender Kofi Annan am Rande einer UN-Versammlung lange mit dem deutschen Botschafter. Beide schütteln synchron den Kopf und blicken resigniert zu Boden.

Klaus Baltes steht alleine auf dem Rollfeld des Washingtoner Flughafens. Er hat die Nacht zuvor vergeblich versucht, sich mit Budweiser zu besaufen, und dafür die Maschine der Luftwaffe nach Berlin verpasst. Oder hat man ihn mit Absicht hier zurückgelassen? Geopfert, preisgegeben, wie sein Land?

Er weiß es nicht. Der Baltesklaus steht verzweifelt auf dem Rollfeld und spürt, wie die Weltgeschichte an ihm und dem Saarland vorüberhastet, ohne dass er einen Zipfel ihres Mantels erhaschen könnte.

Aber vielleicht ist es gar nicht die Geschichte, vielleicht ist es bloß das Zusammentreffen zufälliger Ereignisse.

Um 9.30 Uhr Ortszeit tritt im Weißen Haus ein angespannt, gleichwohl ernst und entschlossen wirkender Präsident George W. Bush vor die Abgesandten der Presse, um erneut einen Satz zu sprechen, der weltweit für erhebliche Unruhe sorgen wird. Die Regierungen der Verbündeten, aber auch Frankreichs, Deutschlands und Russlands sind unterrichtet. Ein Meisterstück politischer Taktik, sagen die einen. Eine Demonstration der Flexibilität und Krisendiplomatie. Dieser Präsident hat bewiesen, dass er von einem Moment auf den anderen umdenken kann. Er ist nicht fixiert auf einen einzigen Gegner. Die anderen sagen: Ein Versprecher war es, ganz einfach. Das Skript unleserlich, die handschriftlichen Eintragung nicht zu entziffern, und Bush hat das Schlechteste daraus gemacht. Das Saarland, von wegen. Aber als der Name gefallen war, mussten sie das durchziehen, um ihr Gesicht zu wahren. Vier Tage lang.

Man wird vermutlich nie erfahren, wer recht hat.

Der Präsident der Vereinigten Staaten stützt beide Hände auf sein Rednerpult, zieht die Mundwinkel ein wenig nach unten, fixiert einen beliebigen Journalisten im Publikum und sagt: »Wir fordern ein Land der Weltgemeinschaft mit Nachdruck auf, dem Terrorismus abzuschwören, andernfalls werden wir zu entsprechenden Sanktionen greifen müssen. Dieses Land … « Er räuspert sich. »Dieses Land ist *Syrien.*«

Die anwesenden Journalisten notieren eifrig. Ein Weltatlas wandert durch die Reihen. Allseitiges Nicken. Syrien, natürlich. Der Terrorismus.

Im Laufe des Karfreitags erreicht eine Schlechtwetterfront Mitteleuropa. Gewitterwolken ziehen auf. Beim Verlassen des Hauses sollte man den Regenschirm nicht vergessen. Ganz anders die Situation im Nahen Osten, zum Beispiel in Syrien. Schon am Vormittag ist es heiß, über dem Land flimmert die Hitze. In den Straßen von Damaskus mischt sich der übliche Verkehrslärm mit dem Heulen vieler Sirenen. Radios werden eingeschaltet, Menschen diskutieren. Die Behörden der Stadt verzeichnen erste Hamsterkäufe.

Anmerkung des Autors:
Dieser Text mag historisch anmuten. Geschrieben im Frühjahr 2003, nach dem Sturz des Saddam-Regimes, ist ein großer Teil seines Personals längst von der Bühne des Lebens oder der Politik abgetreten: Präsident Bush, Kanzler Schröder, Außenminister Fischer, Al Qaida-Chef Bin Laden. Syrien provoziert heute ganz andere Schlagzeilen als noch vor acht Jahren. Und von Achsen und Schurken, Willigen und Wieseln redet vorläufig niemand mehr. Aber solange in Saar-, Sauer- und anderen Ländern Menschen wie der Neunkircher Islamist Daniel S. ihr Unwesen treiben und solange wir Guten das Böse zur Abgrenzung brauchen, ist mir um seine Aktualität nicht bange.

MARCUS IMBSWEILER

- Geboren1967.
- Lebt in Heidelberg.
- Arbeitet als freier Musikredakteur und Autor von Krimis, Romanen und Erzählungen.
- Homepage: *www.marcus-imbsweiler.de*
- 2006 Drehbuchwettbewerb Saar 06 Auszeichnung für *Die Achse des Bösen*.
- Buchveröffentlichungen unter anderen: *König von Wolckenstein, Roman.* Saarbrücken: Conte, 2007. *Verwandte auf dem Mars, Erzählungen,* Saarbrücken: Conte, 2008. *Der dicke Fisch von Wolckenstein, Roman.* Saarbrücken: Conte, 2009. *Frontsignale, Erzählungen.* Saarbrücken: Conte, 2010.
- *Die Achse des Bösen* erschien zuerst in *Streckenlaeufer, Zeitschrift für Politik & Cultur, Nr. 23.* Saarbrücken: PoCul, 2005.

Karin Klee

Das Märchen vom Tag, als die Welt sich änderte

Es war einmal eine Erde. Ein kleiner kugelförmiger Planet. Diese ständig taumelnde, nicht einmal richtig runde, sondern eher eiförmige Welt drehte sich in zufriedener Geschäftigkeit um die eigene Achse. Menschen, Apparate und Begebenheiten kamen und gingen, es wurde gelebt und gestorben, es wurde angetrieben und gestoppt, es wurde erst verführt und verfügt, dann vertuscht und verwünscht. Der Handel trieb wundersame Blüten: Es wurden Wetten darüber abgeschlossen, wohin eine Entwicklung gehen würde, oder man lieh und verlieh ein Vermögen auf Dinge, die es überhaupt nicht gab. Es wurden Kriege geführt, es wurde über Frieden gesprochen. Wer zu den Mächtigen gehörte, behielt dabei das Zepter fest in seiner Hand. An hoch gelegenen Plätzen legte man gigantische Kieselsteine aus, Neidsteine genannt, darauf durften die Menschen alles Ungute abladen, um sich besser damit abfinden zu können, und sich so selbst immer wieder neu erfinden. Dennoch zogen Seuchen in Giermanier über die Kontinente hinweg und hinterließen ausgelaugte Landstriche, Armut und einen schalen Nachgeschmack im Mund der vom Unglück betroffenen Menschen, die sich hinterher stets fragten, wie es nur soweit hatte kommen können.

All das aber war nichts, angesichts der Katastrophe, die sich an einem 11. Tag im September zutrug. Da war es, als würde die Zeit stillstehen. Erst hatte es nur so ausgesehen, als fielen aus Versehen ein Paar Luftgefährte aus den Wolken herab. Dann aber merkte man, dass es ganz anders war. Die Flugzeuge rasten absichtlich in die Körper zweier Riesen, deren Knochen aus Stahl waren, und die in einer großen Stadt weit weg als Türme einander gegenüber standen. Durch die Wucht der fliegenden Maschinen stürzten die Riesen in sich zusammen wie ungeschickt aufeinandergestapeltes Holz. Feuer brach aus, giftdampfender grauer Rauch vernebelte die Straßen, und der Tag verfinsterte sich. Viele Menschen mussten in den Trümmern ihr Leben lassen, andere sprangen von selbst in den Tod. Tausende kamen herbei, um zu helfen, die meisten standen und konnten das Unvorstellbare nicht fassen, sie mussten zuschauen. An diesem Tag hielt das Leben in der quirligen, modernen Stadt, wo alltags immer auch das große Geld zuhause war, für Sekunden den Atem an. Das habe keiner voraussagen und niemand es aufhalten können, hieß es. So verstummte die Welt für einen Moment, um anschließend desto lauter und heftiger Fragen zu stellen und nach Erklärungen zu rufen, damit die Dinge bei ihrem unheimlichen Namen genannt werden konnten. Manche Stimmen keiften und schrien, wenige andere mahnten leise zur Vernunft. Die

Redner, darunter Zauberer, Könige, Ritter und Narren, fuhren schwere und leichte Geschütze auf. Noch während dunkler Rauch aus den Ruinen emporstieg, traten Magier aus der Menge hervor. Sie gaben sich bestürzt und kämpferisch zugleich, sie riefen die Zuhörer dazu auf, dem, was nun kommen musste, zuzustimmen. Sie überfluteten die offenen Kanäle der Informationsströme in aller Welt mit ihren Sätzen. Die Menschen verschlangen diese Zeichen, als müssten sie davon satt werden, als könne man davon nie genug kriegen. Alle Welt erschrak, war schockiert und bestürzt, denn geschehen war kein Unglück, keine Strafe Gottes, kein Unfall. Dies war eine menschliche Tat, eine menschliche Untat, bei der einige offensichtlich den eigenen Tod mit eingeplant hatten, um in einem tückischen Akt der Zerstörung den schnellsten Teil der Welt in ein rasches Verderben zu zwingen.

Die Bilder der Zerstörung wurden immer und immer wieder gezeigt. Sie gelangten durch die Augen direkt in jedes Gedächtnis, auf diese Weise verwandelte sich die Verstörtheit des 11. Tages erst in Angst, dann in Wut und schließlich in verzweifeltes Misstrauen und in Unsicherheit. Am Ende waren alle trunken vor Wissen-Müssen und Erfahren-Wollen, doch ändern konnte das nichts mehr. Es schien, als sei an diesem Tag ein schrecklicher Schnitt gesetzt worden, wie ein scharfes Messer eine tiefe Kerbe in einen Baum ritzt, wenn etwas verewigt werden soll.

Nun kam es den Menschen merkwürdigerweise so vor, als sei bis gerade zu jenem Tag alles Vorhergehende wunderbar und in Ordnung gewesen. Auf einen Schlag waren alle Übel früherer Tage unscheinbar und klein.

Die Zeit aber, die an jenem 11. Tag zum Erstaunen vieler doch nicht stehengeblieben war, schritt weiter voran, ging wie früher einfach vorbei. Und so tat auch die Welt, was sie tun musste: Sie drehte sich weiter. Man sah sie ein wenig weinen, die Welt, bevor sie half, die Toten zu begraben und die Trümmer fortzukarren, bis sie unbeeindruckt damit begann, neue Türme aufzubauen und Riesen zu füttern.

KARIN KLEE

- Geboren 1961.
- Lebt bei Wadern.
- Schreibt Erzählungen, Kurzgeschichten, Gedichte und Theaterstücke. Die gelernte Zeitungsredakteurin hat seit 2004 eine Mundart-Kolumne in der Saarbrücker Zeitung.
- Homepage: www.karinklee.saar.de
- 1984: Preisträgerin beim Saarländischen Mundartwettbewerb, 1991/92: Saarländische Journalistenpreisträgerin, 2006: 5. Platz Kunstpreis *Die Welt zu Gast in Rheinland-Pfalz*.
- Buchveröffentlichungen: *Am Holländerkopf, Erzählung*. Saarbrücken: Conte, 2007. *Frauenzimmer, Gedichte*. Saarbrücken: Geistkirch, 2008.
- *Ein Märchen* ist ein Originalbeitrag.

HANS ULRICH GUMBRECHT

»ICH WEISS, DASS SIE AMERIKANER SIND«

Es ging um die Bedingungen des Steuerabzugs von einem zukünftigen Vortragshonorar in der freundlichen Mail, die mir eine Kollegin aus Deutschland vor wenigen Wochen schickte. »Seit der Zeit nach dem 11. September weiß ich, Sie sind Amerikaner«, hieß es dort auch, und diese Bemerkung am Rande überraschte mich mehr als die einzubehaltende Summe. Sicher, ich mochte in einem der drei oder vier Texte, die während jener Wochen vor fast zehn Jahren in deutschen Zeitungen erschienen waren, erwähnt haben, dass ich die amerikanische Staatsangehörigkeit angenommen hatte – aber das war nicht das Thema damals, davon hatte ich längst vorher (zu ausführlich wohl und zu euphorisch) berichtet. Warum schlug die Wahrnehmung »der Amerikaner« und die Beziehung zu ihnen, vor allem zu den wenigen, die je einen deutschen gegen einen amerikanischen Pass eingetauscht hatten, in den Wochen nach dem 11. September 2001 um? Selbst wenn ich den deutschen Pass behalten hätte, erst seit jener Zeit bin ich fremd und fast exzentrisch geworden, eben wirklich kein Deutscher mehr.

Heute bedarf es einer Anstrengung gegen die üblichen Pauschalisierungen des Gedächtnisses, wenn man sich daran erinnern will, dass die deutsche Öffentlichkeit in den ersten Tagen und vielleicht sogar in den ersten Wochen nach der Zerstörung der *Twin Towers* bewegt und, wenn es so etwas zwischen Nationen geben kann, mit Solidarität reagiert hatte auf jenen Einbruch in das bis dahin absolute Kollektivgefühl amerikanisch-territorialer Sicherheit. Zum Mitleid für Tausende von Opfern und für ihre Angehörigen kam eine politische Empörung, in der das Wissen um Amerikas positive Rolle im deutschen Nachkrieg schwang.

Aber schon in dieser Stimmung der Konvergenz und Zuwendung irritierte eine beiläufig gemachte Bemerkung Leser und sogar viele meiner Freunde außerhalb der Vereinigten Staaten. Noch am 11. September war der Auftrag von einer deutschen Zeitung gekommen, die unmittelbare Wirkung jenes Tages in Amerika so genau als möglich zu beschreiben, und dabei hatte ich – protokollierend sozusagen – ein erstes Gefühl der Beruhigung erwähnt, das aufkam, als ich am Nachmittag auf dem Bildschirm *Air Force One*, die Präsidentenmaschine, umgeben von Militärflugzeugen als »Symbolen der Macht« meines neuen Landes gesehen hatte. Im Blick aus der Gegenwart von 2011 wirken diese Worte eher wie ein erstes Symptom einer dann weit über den 9. September hinaus anhaltenden Angst. Doch die Formulierung von den »Symbolen amerikanischer Militärmacht« löste sofort Protest aus, zuerst bei zwei brasilianischen Kollegen, denen ich den Bericht als Antwort auf besorgt-freundliche Anfragen geschickt hatte. Meine erste Reaktion auf ihre Reaktion bat nur um Verständnis. Wären nicht ihre Gefühle ganz ähnlich gewesen, wenn Selbstmordattentäter das Maracana-Stadion in Rio zerstört hätten, ein Gebäude, das viele Brasilianer mit patriotischen Gefühlen verbinden? Die rhetorisch gemeinte Frage machte alles nur schlimmer, fast dramatisch schlimmer. Einer der beiden Adressaten wollte mir unsere damals schon über dreißig Jahre alte Freundschaft aufkündigen.

*

Nachdem wenige Wochen später feststand, dass die amerikanische Regierung auch mit militärischen Mitteln auf die vom 9. September 2001 veränderte weltpolitische Situation antworten würde, begann ich bald zu verstehen, welches – bis dahin wohl nur implizite – Tabu ich gebrochen hatte. Die breite internationale Empörung über jene Entscheidung, eine Empörung, die sich in vielen Ländern schnell zu massivem Konsens verdichtete, machte es zum ersten Mal unübersehbar, dass Gewalt als politisches Mittel, zumal die Gewalt von militärisch und wirtschaftlich starken Nationen, nun nicht mehr akzeptabel und mithin an den Preis von irreversiblem Legitimitäts- und Prestigeverfall gebunden war. Freilich gilt das Tabu nicht (oder nur mit erheblichen Einschränkungen, wie inzwischen sichtbar geworden ist) für »Regimegegner« aller Couleurs, während es ohne Begrenzung wohl allein die Vereinigten Staaten als die militärisch (bis auf weiteres) am besten ausgerüstete Nation trifft – und aus analogen Gründen Israel im Kontext der komplexen politischen Situation des sogenannten »Mittleren Ostens«. Seither werden die Vereinigten Staaten und Israel von der sich unter elektronischen Bedingungen formierenden neuen Weltöffentlichkeit mit einem negativen ethischen Vorzeichen wahrgenommen, ganz unabhängig von der Berechtigung dieses Vorzeichens. Auf Gewalt-Tabubrüche der anscheinend (oder nur vermeintlich) stärkeren Seite richtet sich die internationale Aufmerksamkeit heute primär – und erst dann, wenn überhaupt, auf die relative Berechtigung jeweils konfligierender Ziele und Strategien. Die Frage nach Gründen und Erfolgsaussichten von Gewalt-Einsätzen ist also im wörtlichen Sinn sekundär geworden gegenüber einer Einstellung, die man als »asymmetrischen Pazifismus« beschreiben kann, auch wenn sich erstaunlicherweise niemand auf den Begriff »Pazifismus« festlegen lassen möchte. Wie schon zur Zeit des Vietnamkriegs gilt Amerika wieder als Negativpol einer Weltsicht, die sich für aufgeklärt hält – nun aber nicht mehr innerhalb einer binären Logik mit linker Ideologie identifiziert werden muss. Das ist die Konstellation, welche in der Folge des 11. September 2001 die Welt – für immer vielleicht – verändert hat.

Während der Wochen und Monate nach dem 11. September 2001 wies mir die langsam Gestalt gewinnende pazifistische Mehrheitsposition einen Ort an der Peripherie der deutschen Öffentlichkeit zu. Der Versuch, Argumente zugunsten der grundsätzlichen Möglichkeit militärischer

Interventionen nicht synonym werden zu lassen mit der Billigung jeder spezifischen Militärintervention, misslang gründlich. Denn in Deutschland scheint am außenpolitischen Horizont das moralische Gewalttabu an die Stelle von pragmatischen Diskussionen über Erfolgschancen und Risiken militärischer Interventionen getreten zu sein, möglicherweise sogar mit einer generellen Tendenz zur Absorption von Außenpolitik durch Moral. Schon am Ende des Jahres 2001 war die in betroffenem Ton zu artikulierende, vorwurfsvolle und mithin passiv-aggressive Frage: »Gibt es Krieg?« (im Sinn von: »Steht ein durch die amerikanische Intervention ausgelöster Weltkrieg bevor?«) an die Stelle von Debatten zwischen konträren Positionen getreten. Dass sich diese Situation längst institutionalisiert hat, zeigte in den vergangenen Monaten die deutsche Entscheidung gegen eine Beteiligung an der Nato-Intervention in Libyen – und zugleich wurde deutlich, dass vor allem französische und englische Politiker inzwischen mit ganz anderen politischen Konsensformationen in ihren Ländern rechnen.

*

Gründe zur Klage über diese Entwicklung oder spezifische Ansprüche auf Verständnis habe ich natürlich nicht, das gehört zu den verbindlichen Regeln für alle, die in der Öffentlichkeit gehört werden wollen. Und natürlich lassen sich für das grundsätzliche Interventionstabu plausible Motivationen aus der deutschen Geschichte anführen – nur ist dieses Argumentationspotential im vergangenen Jahrzehnt zurückgetreten gegenüber dem Eindruck, dass sich angesichts neuer Rahmenbedingungen und Strategien der Kriegsführung militärische Interventionen nicht mehr im klassischen Sinn »gewinnen« lassen. Durch das Ausbleiben deutlicher amerikanischer und israelischer Erfolge in Afghanistan und im Libanon hat der zunächst moralisch motivierte Vorbehalt gegen die Interventionen der militärisch Stärkeren an pragmatischem Gewicht gewonnen, nicht unbedingt allerdings an ethischer Berechtigung.

Dennoch ist der moralische Druck – und die Insistenz in der moralischen Abqualifizierung der Minderheitenposition – deutlich gewachsen. In Deutschland bin ich mehrfach öffentlich und ungeduldig gefragt worden, ob sich meine Meinung nun endlich verändert hat – oder ob ich heute immer noch in einer Situation wie der zwischen dem 11. September 2001 und dem Beginn des zweiten Irakkriegs »mich für den Krieg engagierte«. Mein Versuch, endlich klarzumachen, dass es mir allein um die Erhaltung der Möglichkeit militärischer Intervention gegangen war, und nicht um positive Stellungnahmen zu spezifischen Interventionen (für die mir ja auch die Kompetenz fehlte), ist immer wieder fehlgeschlagen – ebenso wie das Argument, dass die vielfachen amerikanischen Fehler und Versäumnisse im zweiten Irakkrieg nicht in prinzipielle Vorbehalte umgesetzt werden können. Ich gelte »als Amerikaner«, und das wird im spezifischen Zusammenhang verstanden als einer von jenen wenigen Intellektuellen, die leichtfertig militärischen Interventionen zustimmen.

*

Die Frage, ob man mit einer grundsätzlich antimilitärischen Haltung nicht den Gewaltpotentialen solcher Nationen das Feld räumt, in denen – wie im Iran, in China und wohl auch in Russland – nur sehr begrenzt demokratische Standards mit bedrohlicher militärischer Macht konvergieren, diese Frage verhallt in Europa vorerst. Sie könnte tatsächlich überflüssig (und positiv beantwortet) werden allein in dem – für mich sehr unwahrscheinlich wirkenden – Fall, dass sich der asymmetrische Pazifismus in den kommenden Jahrzehnten als global akzeptierte Norm durchsetzt. Vorerst hat er sich aber allein im Milieu der amerikanischen Intellektuellen weiter ausgebreitet, das so zu einem starken Resonanzboden für alle Vorbehalte gegen die nationale Politik geworden ist.

Meine Arbeit als Geisteswissenschaftler und als Intellektueller, dachte ich bis vor kurzem, haben diese ebenso komplexen wie schwer fassbaren Veränderungen kaum tangiert. Doch man könnte natürlich fragen, ob es am Ende nicht ein Anzeichen für die Internalisierung der mir zugewiesenen Position an der politischen Peripherie ist, dass ich mir inzwischen ziemlich konsequent alle moralischen Urteile und Empfehlungen untersage. Halte ich mich selbst – halte ich den Amerikaner, der ich geworden bin – für ethisch nicht hinreichend qualifiziert? Statt weiterhin politische Positionen zu beziehen und zu artikulieren, arbeite ich an einem Buch über das erste Jahrzehnt nach dem Ende des Zweiten

Weltkriegs, in dem so viel als traumatisch Erlebtes nicht zur Sprache kommen konnte, deshalb nie in die Vergangenheit rückte und latent geblieben ist. Vielleicht hat uns ein Effekt dieser Latenz als moralische Überreaktion am Anfang des 21. Jahrhunderts eingeholt.